MAMAN
NE RÉPOND PLUS !

Fabienne Blanchut

MAMAN NE RÉPOND PLUS !

La Belle Étoile

« *La famille des autres, c'est presque toujours amusant.*
Le problème, c'est la nôtre. »

Jeff !, Judith Messier

1

Anniversaire, Groupon et Haribo

Alors, le prochain, ce sera quoi ? Fraise ou crocodile ? Ceci dit, les œufs au plat, c'est pas mal aussi…

— Maman, c'est nous !

Je sors la tête du cellier, où j'étais en train de terminer en cachette un paquet de bonbons. Presque prise la main dans le sac ! Louise, ma cadette, est dans l'entrée. S'agglutinent derrière elle Stéphane, mon gendre ronchon, et Paul, leur fils de deux ans et demi. Aussi vite que ses petites jambes potelées le lui permettent, il se précipite dans mes bras.

— 'yeux nifessère, mamie !

— Merci, mon lapin ! lui dis-je en l'embrassant, consciente qu'il doit répéter cette nouvelle phrase en boucle depuis au moins cinq jours.

Il a déjà gaffé hier, quand je suis allée le chercher à la crèche. Mais je n'ai rien dit, évidemment. Pauvre petit bonhomme… Difficile de garder un secret quand on est haut comme trois pommes !

— Bon anniversaire ! ajoutent en chœur Louise et Stéphane, ce qui me sort de mes pensées.

— Merci, merci !

— On est les premiers ? demande ma fille préférée (je n'en ai qu'une) pour la forme.

Oui, ils sont les premiers, comme d'habitude, mais je n'ai pas le temps de lui répondre car le téléphone sonne. Ça n'arrête pas depuis ce matin. Je décroche et leur fais signe d'aller s'installer dans le jardin. Cela fait bien quinze jours que le soleil s'est accroché sur un ciel bleu azur et que la température avoisine vingt-sept degrés. Plutôt sympathique, pour un mois de juin.

— Tu y as pensé ? C'est adorable ! Passe pour le café, on sera dehors. Les enfants seront là, oui… À tout à l'heure !

Je raccroche et rejoins le trio, qui s'est assis autour de la grande table de jardin, près du liquidambar que mon mari et moi avons planté à la naissance de Louise, il y a vingt-neuf ans. Ça non plus, ça ne me rajeunit pas. Stéphane joue avec son fils, et Louise picore dans le plat de crudités. Elle a jeté son dévolu sur les tomates cerises. À ce rythme-là, il n'y en aura bientôt plus pour personne, mais je laisse faire. À soixante-deux balais, j'ai décidé de devenir « zen ». Une résolution comme une autre…

— C'était Nicoucou, dis-je en m'asseyant avec eux. Elle passera pour le café.

— Super ! s'écrie Louise. Ça fait longtemps que je ne l'ai pas vue. Depuis l'enterrement de son mari, je crois.

— Huit mois déjà…

— Comment va-t-elle ?

— Ma foi, plutôt bien. Que Robert repose en paix, surtout. Mais la vie avec lui… ça n'a pas été une sinécure pour la pauvre Nicoucou. Loin de là ! Quel coureur c'était… Bref, passé un délai raisonnable d'apitoiement et de légitime tristesse, elle a tout d'une veuve joyeuse. Elle revit !

— De qui parles-tu ? demande la grosse voix de mon fils, Benjamin, qui me fait sursauter.

Il me prend dans ses bras, me soulève et me plante deux grosses bises sur les joues.

— Bon anniversaire, maman.

— Merci, mon grand. On parlait de Nicoucou.

Elle nous rejoindra plus tard.

— Chouette ! lance-t-il, visiblement ravi à l'idée de revoir ma copine.

Je m'aperçois qu'il me tient toujours en l'air, à la force de ses bras, la pointe de mes pieds touchant à peine le sol. Je lui donne une petite tape sur l'épaule.

— Repose-moi, Ben.

— Vos désirs sont des ordres, vénérable mère.

Vénérable ou pas, me revoilà sur le plancher des vaches. J'embrasse la timide Caroline, ma belle-fille, qui s'agrippe aux poignées du landau dans lequel dorment les jumelles Léa et Clara, quatre mois au compteur (les chanceuses).

Je crois que ma bru a toujours eu un peu peur de notre famille et de ses « débordements » affectifs.

— Tiens, mais où est papa ? questionne soudain Louise.

— Papi boulot ? interroge le petit Paul en me tirant par la manche.

— Papi vélo, je lui réponds avec une pointe d'agacement qui n'échappe pas à mes enfants.

— Toujours aussi passionné, hein ? demande Benjamin avec amusement.

— Plus que jamais. Il ne fait que ça tous les week-ends. Et quand il ne pédale pas lui-même, il regarde les autres le faire à la télé…

À peine ai-je le temps de terminer ma phrase que je sens arriver un gros coup de blues. Je prétexte une cuisson à surveiller et file vers la cuisine, en espérant que personne n'aura la mauvaise idée de me suivre. Là, je bifurque en direction du cellier, bien décidée à en finir une fois pour toutes avec ce paquet de fraises chimiques entamé une heure plus tôt. Un plaisir coupable et gélatineux qui ne m'empêche pas de penser…

Aujourd'hui, j'ai soixante-deux ans. Je ne suis plus jeune et pas vraiment vieille… J'habite un charmant mais tout petit village de Haute-Savoie. J'étais mère au foyer et, depuis que Louise a fini ses études et quitté la maison, me voilà juste au foyer. Je remplis mes semaines avec quelques activités à droite, à gauche – la piscine avec Nicoucou, mes cours de flûte traversière, un peu de marche –, mais rien de transcendant n'est arrivé dans ma vie depuis des lustres… Ma famille est réunie dans notre jardin, et il manque Michel, mon mari depuis trente-huit ans, qui préfère la petite reine à la reine de la fête. Je crois que je suis sur la dangereuse pente de la déprime.

Dringggg ! Dringggg !

Encore le téléphone. Je n'ai pas le courage de répondre. Louise décroche. Deux minutes plus tard, elle m'appelle :

— Maman, téléphone pour toi ! C'est mamie !

Ma belle-mère. Manquait plus que ça. Je m'efforce de sourire à ma fille lorsqu'elle me tend le combiné.

— Allô, Josy ? Merci beaucoup… Oui, tout va bien. Ne vous pressez pas. Michel n'est pas encore là. Nous vous attendrons, de toute façon. Dites, rassurez-moi : vous êtes sur une aire de repos pour me…

Charmant. Elle m'a raccroché au nez. Josiane, dite Josy… Quatre-vingt-huit ans. Ma belle-mère. Riche héritière bretonne de producteurs de sel de Guérande. Conduit encore, et de préférence des voitures de sport. Se cougardise en sortant avec son comptable de quarante-deux ans, Geoffrey. Heureusement, mon anniversaire tombe pendant une période fiscalement « chaude », ce qui nous épargnera sa venue et donc sa gueule d'épagneul sous anxiolytiques.

Je m'aperçois soudain que Benjamin et Louise me regardent.

— Votre grand-mère aura un peu de retard.

— Elle téléphonait en conduisant ? demande Benjamin, qui est adjudant chez les sapeurs-pompiers.

— J'en ai peur…

— Elle sait combien il y a de personnes tuées sur les routes à cause de ce type de comportement ? s'emporte-t-il.

Ben n'a jamais rigolé avec la sécurité. Tout petit déjà, il était prêt à mettre ses méduses dans la baignoire pour ne pas déraper. Il envisage toujours le pire, et son métier n'arrange rien. Impuissante, je hausse les épaules. Louise tente de le calmer.

— Ça ne sert à rien de t'énerver alors qu'elle n'est pas là. Tu lui feras la leçon quand elle arrivera. Tu es le seul qu'elle écoute un peu.

— Tu parles… maugrée mon fils. Elle n'écoute plus personne depuis belle lurette.

Sur ces paroles, on ne peut plus vraies, la porte d'entrée s'ouvre. Michel. Soixante-sept ans. Mon mari. Cheveux argentés (encore fournis, Dieu merci), fossette au menton et joues rasées de près. Tenue de cycliste intégrale. Peau de chamois au fond du cycliste, justement, qui lui donne une démarche de cow-boy. Il est rouge et en nage. Un homme heureux. Ses premiers mots sont des mots d'amour :

— Deux cent sept bornes autour du lac ! J'ai explosé mon chrono et laissé loin derrière Claude et Alain.

— Bonjour, papa, dit Ben.

— Salut, p'pa, renchérit Louise.

— Papi-Papito, s'écrie Paul, qui arrive avec sa démarche chaloupée, suivi de son père.

— Po-Polo, répond mon mari, ce qui fait rire aux éclats notre petit-fils. Je file sous la douche. Je vous embrasse après. Louise, sors les merguez et les brochettes. Ben, tu n'as qu'à allumer le barbec', j'ai tout préparé.

Il se déchausse et monte à l'étage.

— OK, soupire ma fille en prenant la direction de la cuisine.

— À vos ordres, chef ! réplique mon fils en singeant un salut militaire.

— Ordes, cef ! répète Paul, qui attrape son oncle par la main et sort avec lui par la porte-fenêtre du salon.

Et voilà. L'histoire de ma vie. Je me retrouve seule dans l'entrée. J'ai soixante-deux ans et je suis devenue invisible aux yeux de mon mari. J'en suis là de mes réflexions quand j'entends un klaxon tonitruant. Josiane. Ça ne peut être qu'elle. Je sors pour l'accueillir, et les bras m'en tombent : un jeune homme tout droit sorti d'un magazine sur papier glacé lui ouvre la portière d'une voiture rouge, sortie du même magazine. Je suis nulle en marques automobiles. Une voiture, ça doit juste m'emmener d'un point A à un point B. Dodoche ou bolide, c'est kif-kif. Mais là… Ma belle-mère a fait fort ! Elle savoure, je le lis dans son regard.

— Kevin, voici Zabou, ma belle-fille.

— Zabou, voici Kevin, mon chauffeur.

Elle lui pince la joue, et il rougit. J'imagine qu'il n'est pas que chauffeur, le Kevin. Je vais pour le saluer, mais le haut de son corps plonge à l'intérieur du monstre rouge. Quand il se redresse, il me tend un énorme bouquet qui me fait penser, j'ai honte de l'avouer, à une gerbe mortuaire.

— Très bel anniversaire, madame.

— Merci… Merci beaucoup, dis-je, en disparaissant derrière les fleurs. Appelez-moi Isabelle.

— Kevin reste, n'est-ce pas ? Je me suis dit que s'il y en avait pour huit, il y en aurait pour neuf, argumente Josiane.

— Grand-mère, tu vas… Waouh ! fait Ben en nous rejoignant, le souffle coupé.

— Bien ? Oui, merci, mon chéri, répond ma belle-mère à mon fils adoré.

— Stéph, Paul, venez voir ! crie Ben à l'intention de son beau-frère et de son neveu.

Là, il se passe des trucs de garçons que je ne comprendrai jamais. De deux à soixante-dix-sept ans, il semblerait que l'attraction de l'automobile opère.

— T'as vu ça, Louise ? s'anime Stéphane auprès de ma fille, qui nous rejoint à son tour. C'est la F12…

— Berlinetta… complète Louise.

J'en reste bouche bée : Louise s'y connaît en voitures. Ma petite fille aux poupées roses et aux dînettes interminables… Elle se tourne vers moi.

— Tu sais, c'est pour Paul que je me mets à la page. Il reconnaît déjà plein de marques et de modèles.

Nous sommes tous devant le garage quand Michel redescend. Il s'est changé – polo rouge (assorti à la voiture de sa mère, donc), short kaki. Il sent bon aussi. L'odeur boisée de cette eau de toilette que j'adore et qu'il porte depuis presque quarante ans…

— Eh bien, maman, tu ne te refuses rien ! dit-il à sa mère en l'embrassant.

— Tu parles de la Ferrari ou de Kevin ?

Mon mari réfléchit.

— Des deux, maman… des deux. Salut ! Moi, c'est Michel, dit-il en tendant une main à Kevin.

— Merci, monsieur, de m'inviter le jour de l'anniversaire de votre femme.

— L'anniv… ? De ma… ?

Grand blanc tandis que les voisins passent dans la rue en faisant mine de ne remarquer ni ma mine déconfite, ni la Ferrari de ma belle-mère, ni la famille attroupée tout autour.

— Papa ! grondent Louise et Benjamin. Tu n'as pas…

— C'est une blague ! Évidemment que je n'ai pas oublié !

L'air, un instant en suspens, circule à nouveau.

— Bon anniversaire, ma chérie, dit-il avant de m'embrasser bruyamment sur la bouche.

— Beurk ! fait Paul, sincèrement dégoûté, en se détournant.

Et, sur ce coup-là, je me dis qu'il n'a pas tout à fait tort.

De l'apéro au dessert, tout se passe sans problème. Puis vient le moment des cadeaux… Josiane s'excuse de n'avoir apporté que le bouquet et des bouteilles de champagne. Michel m'offre une paire de boucles d'oreilles en émeraude alors que je n'aime que les saphirs, mais il ne l'a jamais mémorisé. Je fais ce que je peux pour cacher ma déception. Paul m'a fait un très beau dessin. Je m'apprête à présent à ouvrir l'enveloppe que me tend Louise.

— De notre part à tous les quatre, précise Benjamin. J'espère que ça te plaira…

Je découvre un bon Groupon qui m'offre la possibilité de participer à un cours d'initiation au yoga avec la personne de mon choix. Michel s'empresse de me lancer un regard que je connais bien et qui signifie « Surtout, ne compte pas sur moi… », lorsque Nicoucou arrive par le jardin. Elle ouvre le petit portillon, entre et le referme soigneusement, comme on le fait depuis que Paul est né. Pimpante, ses cheveux roux flamboyant au soleil, elle me tend un cabas rempli de sucreries. Mon cadeau préféré.

— Hello, tout le monde !

— Salut, Nicoucou ! Ça me fait super plaisir de te voir, dit Louise en l'embrassant.

— Pareil, réplique Benjamin, qui la serre contre lui, toujours très tactile.

— Laissez-moi respirer ! rouspète Nicoucou, qui, en vrai, adore ça.

Elle remarque alors la présence de ma belle-mère et de son « chauffeur ».

— Bonjour, Josiane. Bonjour, jeune éphèbe… Tu as offert un sex-boy à Zabou pour son anniversaire ? interroge-t-elle mon mari en se tournant vers lui.

— Heu, non… Juste des boucles d'oreilles.

— C'est le mien, rétorque ma belle-mère, soudain très possessive, en posant une main bagousée sur la cuisse de Kevin.

— Sans blague ?! Chapeau, Josiane ! Et sinon, vous savez qu'une voiture de sport est garée devant chez vous ? poursuit Nicoucou.

— Oui, c'est la mienne aussi, réplique Miss Quatre-vingt-huit ans, qui n'est pas prête à céder la place.

— Josiane, vous êtes mon idole. Bon, allez, qui m'offre une coupette ?

Sept paires de mains se tendent. Ma copine Nicole est comme ça. Drôle, spontanée, fantasque. Tout ce que je ne serai jamais. Je cogite beaucoup trop, comme elle n'arrête pas de me le répéter. Elle fait l'unanimité, ce qui est loin d'être mon cas. Paraît que j'ai un drôle de caractère… Je tourne et retourne le bon-cadeau entre mes doigts en me demandant ce que je vais pouvoir en faire.

— J'ai trouvé, déclare Ben. Tu n'as qu'à y aller avec Nicoucou, à ton initiation au yoga.

— Une quoi ? s'étrangle Nicole, qui a déjà bien entamé sa coupette.

— Une initiation au yoga. C'est le cadeau de mes enfants, je soupire.

— Génial ! Il paraît qu'il existe soixante-quatre positions différentes aux noms pas possibles : la brouette, l'enclume, l'huître, le collier de Vénus… Mais ça ne va pas être un peu gênant, de faire ça ensemble ? me demande-t-elle, soudain timorée.

— Je crois que vous confondez avec le Kamasutra, corrige alors ma belle-mère, amusée.

Tout le monde éclate de rire, même moi. Il n'y a que Nicoucou pour réussir ce genre d'exploit.

2

Déprime en yoga mineur

Hier soir, Nicoucou m'a appelée. À J-1, elle était excitée comme une puce.

— Je passe te prendre demain à onze heures moins le quart, a-t-elle précisé au téléphone. On va bien s'amuser à ce cours de yoga !

— J'en suis moins sûre que toi, lui ai-je répondu, pas vraiment emballée.

Après avoir raccroché, je suis allée voir sur Internet quelle tenue porter pour pratiquer. Je n'en avais strictement aucune idée… J'aime mes enfants, mais je me demande toujours pourquoi ils vont chercher midi à quatorze heures pour me faire des cadeaux. Une chose est certaine : sans ma fidèle Nicoucou, le bon filait au fond d'un tiroir.

Dix heures quarante-cinq. Comme à son habitude, mon amie est ponctuelle. Deux coups secs retentissent contre la porte, et elle entre. C'est son code.

— Tu n'es pas en tenue ? me houspille-t-elle avant même de me dire bonjour.

— Elles sont dans mon sac…

— « Sont » ? Tu es au courant que tu ne vas pas à un défilé de mode, hein ?

— Je ne savais pas quoi mettre… dis-je en essayant de me justifier.

— Pas quoi mettre ? Zabou, tu dis n'importe quoi. Regarde-moi.

Et je la regarde.

Legging moulant turquoise, baskets noires et tee-shirt noir sur lequel est imprimé : « Viens lire mon prénom en braille ». Du plus grand chic et du Nicoucou tout craché : fan de fanfreluches et de mini-provocs. Son haut en est l'illustration parfaite. Elle et moi sommes aussi désassorties qu'il est possible de l'être, mais c'est ma meilleure amie depuis plus de trente ans. J'attrape mon sac de sport, qui « squatte » l'entrée depuis que je me suis levée. J'ouvre la porte et la referme à clef. Ce qui me manque le plus, c'est de ne pas avoir à laisser un mot sur la table de la cuisine pour prévenir : « Je reviens vite » ou « Déjeuner dans le frigo. Bisous, maman ». Quand je rentrerai tout à l'heure, il n'y aura que moi. Les enfants ne sont plus à la maison, et Michel revient de plus en plus tard du boulot, où il enchaîne réunion sur réunion. Vivement qu'il soit à la retraite.

Je monte côté passager, glisse mon sac entre mes pieds. L'odeur me donne tout de suite mal au cœur. Nicoucou vient de s'offrir sa première voiture neuve depuis des siècles.

— En route ! s'écrie-t-elle en mettant le contact et en déboîtant sur la chaussée. Redonne-moi l'adresse.

Docile, je lui réponds :

— 37, boulevard Saint-Bernard-de-Menthon, juste derrière le lycée Berthollet.

— Oh, super ! En sortant du cours, on ira faire un tour sous les arcades. Je n'ai toujours pas trouvé ma tenue pour le vin d'honneur de Barbara et de Laurent.

— Hum…

— Dis, tu pourrais au moins montrer un peu d'enthousiasme ! T'es vraiment pas drôle en ce moment.

— Pas drôle ? Explique-moi pourquoi je devrais être drôle. J'ai soixante-deux piges. Un mari qui ne vit que pour son travail la semaine et pour son vélo le week-end. Des enfants qui ne connaissent pas ou plus mes goûts. Je dois me rendre à un cours de yoga dont je n'ai ABSOLUMENT rien à faire… Et, en plus, j'ai les seins qui tombent.

Ma tirade la laisse pantoise. Une demi-seconde.

— Ma chérie, ta vie est une tragédie antique.

— Merci pour le « antique »…

Nous nous arrêtons à un feu rouge et, le temps qu'il passe au vert, nous restons silencieuses. Puis elle me regarde et répète ma dernière phrase en m'imitant :

— « Et, en plus, j'ai les seins qui tombent. »

Je suis bien obligée de reconnaître que cette réplique est ridicule. Vraie. Mais ridicule. J'éclate de rire, et Nicole lève les yeux au ciel.

— Explique-moi pourquoi il n'y a que toi qui sais ce qui me fait vraiment plaisir. C'est si compliqué, d'aller chez Auchan m'acheter un assortiment de bonbons ?

— Pas compliqué, non. Ils se sont peut-être dit qu'une femme saine d'esprit dans la soixantaine triomphante avait envie d'autre chose que son poids en sucre pour son anniversaire ? tente Nicoucou.

Et là, d'un coup d'un seul, je fonds en larmes.

— Bien, fallait que ça sorte, dit ma copine en me tendant un paquet de Kleenex.

Je suis encore en train de pleurer quand je me rends compte que nous ne roulons plus. Nicoucou s'est garée devant le 37, où, miracle dans une ville comme Annecy, une place nous attendait. Deux femmes dans la quarantaine (les garces !), portant un tapis roulé sous le bras, patientent sur le trottoir en nous jetant des coups d'œil à la dérobée. Un homme en survêtement, la soixantaine bedonnante et le cheveu rare, arrive à son tour et se poste à côté d'elles.

— J'espère que ce n'est pas le prof, s'inquiète Nicole en ouvrant sa portière. Allez, on y va ?

Je hoche la tête et m'extirpe de la voiture. Les deux femmes sont habillées comme mon amie, en legging, baskets et tee-shirt, l'inscription sur le haut en moins. Je vais avoir l'air ridicule dans mon vieux jogging. Les larmes ne sont pas loin de revenir quand Nicoucou me pince le gras du bras.

— Aïe !

— Vise un peu… à trois heures.

Ça, c'est son grand truc. Donner une direction en se référant à un cadran de montre imaginaire. Je me tourne.

— Aïeeuu !

— J'ai dit trois heures. Pas neuf heures.

— Tu sais que je suis nulle à ça, pas la peine de me pincer encore !

— Arrête de râler. Tu l'as vu ?

Il ne faut surtout pas que je demande « Qui ? », parce qu'elle répondrait ce que vous savez. Je pivote, dans le bon sens cette fois. Mazette ! Si c'est lui le prof, ma foi, je crois que je vais récupérer quelques dixièmes en vision. Grand, brun, des muscles fins, saillants, juste ce qu'il faut, les yeux bleus, bronzé. Il porte un pantalon blanc, un marcel bleu marine et des tongs. Il marche vers nous d'un pas sûr.

— Katia, Cynthia, bonjour ! dit-il une fois parvenu à notre hauteur. Salut, Serge.

— Bonjour, Axel ! répondent ses trois élèves en chœur.

Je vois bien que les femmes ont les cils qui battent et qu'elles n'en perdent pas une miette. Il est vrai que, de près, il est encore plus beau.

— Vous devez être les Groupon, Nicole et Isabelle ?

Pas franchement sexy « les Groupon ». Je me sens rougir comme une collégienne.

— Oui. Isabelle, c'est elle, répond Nicole en me poussant un peu.

— Bienvenue à mon cours.

— Merci… je souffle, mal à l'aise.

Axel ouvre la porte du local, et nous nous y engouffrons derrière lui.

— Les vestiaires sont à l'étage, pour celles qui ne sont pas en tenue.

En clair, pour moi. Je m'empresse de me diriger vers l'escalier.

— Pour ceux qui n'ont pas de tapis, il y en a au fond de la salle. Serge, veux-tu bien montrer l'endroit ?

Alors que je monte les marches menant aux vestiaires, je l'entends ajouter :

— Sympa, le tee-shirt, Nicole !

— Oh, vous pouvez m'appeler Nicoucou ! roucoule ma copine.

Je manque de trébucher. Alors elle, elle n'en manque pas une…

Quand je redescends, dix minutes plus tard (après avoir passé la moitié du temps à me tordre le cou, les yeux rivés sur la minuscule glace du lavabo pour voir à quoi ressemblent mes fesses moulées dans mon vieux pantalon de jogging), sept autres personnes ont rejoint la grande salle parquetée. Ils sont assis en tailleur, certains en lotus, sur leur tapis. Nicoucou me fait signe de m'installer à côté d'elle. Je m'assois sur un tapis libre. Je meurs déjà de chaud dans mon pantalon en molleton. Quelle quiche je fais !

— Aujourd'hui, nous accueillons deux nouvelles élèves, annonce Axel, que je m'attends à voir léviter d'une seconde à l'autre, tant je me dis qu'une telle perfection n'a pas sa place en ce bas monde.

Isabelle et Nicoucou. Il l'a appelée Nicoucou… En voilà un autre qu'elle a mis dans sa poche, la mère Nicole.

— Le yoga, continue-t-il, c'est surtout et avant tout une affaire de respiration. Libérer le souffle, l'allonger… Pendant l'heure et demie que va durer la séance, on lâche prise. On oublie ses problèmes et on se fait du bien.

— D'accord, approuve Nicoucou la fayote.

— Oui, j'acquiesce.

— Alors c'est parti. Tout le monde se met debout, les jambes écartées de la largeur du bassin. On ferme les yeux. On inspire lentement, en six temps, et on expire encore plus lentement, en s'enroulant doucement jusqu'en bas…

Axel fait les mouvements en même temps que nous. Je ferme les yeux, mais je ne peux pas m'empêcher de les rouvrir. Je vois que Nicoucou me regarde, l'air goguenard. J'ai envie de rire, mais je me retiens. J'ai complètement oublié les consignes pour la respiration. Je descends aussi bas que je peux, c'est-à-dire jusqu'à mi-mollet, et je constate que la plupart des élèves arrivent à poser leurs mains sur le sol. Heureusement, Nicole en est au même point que moi, ce qui me réconforte un peu.

— On remonte en inspirant et on recommence. Le dos, Nathalie, enroule-le bien pour protéger tes lombaires… Nicoucou, on essaie de tendre les jambes. Et ce n'est pas grave si on ne touche pas le sol…

Soudain, une main se pose sur ma nuque, et une autre sur mes reins.

— Toi aussi, Isabelle, m'encourage Axel d'une voix douce. Pense à bien enrouler le dos. Et sois détendue. Il n'y a pas de performance au yoga. Écoute simplement ton corps.

Obéissante, j'écoute donc mon corps, qui me confirme que cela doit bien faire dix ans qu'on ne m'a pas touchée de cette façon. Nicoucou me regarde et m'adresse un clin d'œil. Rien ne lui échappe.

Les exercices s'enchaînent. Axel corrige nos postures, explique les exercices, freine Serge, le « compétiteur » du groupe, plaisante sur notre grâce relative. Il est magnifique à voir. Ses mouvements sont nets et précis, sa souplesse impressionnante. Et ses fesses sont extra-fermes, ça se devine sous la toile de son pantalon.

— Maintenant, buvez un peu si vous le voulez avant le dernier exercice de relaxation.

Évidemment, j'ai oublié de prendre de l'eau. Nicoucou me tend sa bouteille. J'ai chaud, je dois être écarlate. Axel s'approche de nous deux.

— Vous vous en êtes très bien sorties, nous dit-il.

Nicoucou le remercie. Je suis sûre que je rougis à nouveau mais, dans mon état, ça ne doit pas se voir.

— Allez, on reprend sa place. Chacun s'allonge sur son tapis. Les jambes légèrement écartées, les bras le long du corps. On inspire et on expire en six temps. Aujourd'hui, on va se concentrer sur le chakra du cœur. On pense donc très fort à la couleur verte. On s'en enveloppe et on se laisse aller… Imaginez votre cœur qui s'ouvre, comme une fleur qui éclôt, à chaque respiration.

J'entends des bâillements.

— Oui, c'est bien, reprend Axel. On se laisse aller. On s'étire.

Je commence à me détendre et là, à nouveau, je fonds en larmes. Je pleure d'abord en silence, je renifle discrètement… Puis je cherche Nicoucou du regard, mais elle est partie au pays de Bouddha. Ça me rend encore plus triste, alors je me mets à sangloter bruyamment.

— C'est bien, dit Axel. On lâche prise.

J'ai trop honte. Je me lève subitement et sors de la salle. Je sais que Nicoucou ira récupérer mon sac à l'étage. Ce n'est qu'une fois sur le trottoir que je réalise que je suis pieds nus, en survêtement, toute transpirante et barbouillée de larmes. Je n'ose pas revenir sur mes pas et je prie pour que personne que je connaisse ne passe devant le 37, boulevard Saint-Bernard-de-Menthon. Raté.

— Zabou ? C'est toi ?

Je me retourne et me trouve nez à nez avec le directeur de l'école de musique où je prends, depuis cinq ans, des cours de flûte traversière.

— Bonjour, Antoine.

— Qu'est-ce que tu fais là ?

— Je fais… J'étais… en train de…

— Tu sais que tu as oublié tes chaussures ?! J'espère que tu ne rentres pas à Metz-Tessy à pied !

Et ce gros balourd éclate de rire. *Vlan !* Derrière moi, la porte s'ouvre en grand. C'est Nicoucou. En un instant, elle évalue la situation et me sauve la mise.

— Zabou, rentre, on a besoin de ton aide. Salut, Antoine ! ajoute-t-elle en me poussant d'autorité vers la porte.

— Oh, Nicole ! Tu es là aussi…

Les deux se détestent cordialement. En fait, ça vient plutôt d'Antoine. Il ne supporte pas Nicole, qu'il juge trop frivole, trop exubérante. Qu'a-t-il dit un jour ? Qu'elle n'était pas digne de mon amitié. Nicoucou pense qu'il est secrètement amoureux de moi. Alors elle endosse le rôle du bodyguard à tendance pitbull.

— Tu sais bien que si tu vois Zabou, je ne suis jamais loin.

— Heu… oui… C'est vrai, confirme Antoine, à contrecœur.

— En plus, c'est pour une réunion sex-toys. Tu me connais, je ne louperais ça pour rien au monde. Surtout si Zabou y va !

Elle me claque une bise sonore et passe un bras autour de ma taille. Là, c'est Antoine qui rougit, très mal à l'aise. C'est alors qu'Axel, le sublime et nirvanesque Axel, passe la tête à son tour dans l'entrebâillement de la porte.

— Mesdames, le cours n'est pas fini, dit-il en plaquant son irrésistible sourire sur son visage parfait.

C'en est trop pour Antoine, qui part à reculons. Je ne sais pas ce qu'il va imaginer. Ou plutôt si, et ça suffit à me redonner le sourire. Peut-être que, finalement, je vais m'inscrire pour revenir. Au yoga, je veux dire…

3

« Petite Chérie » me vole la vedette

Il fait un temps magnifique. Nicoucou et moi profitons du soleil dans le jardin. Nous avons sérieusement entamé le gâteau au chocolat, et un dernier glaçon fond, esseulé, dans une carafe qui contenait ma « fameuse » limonade maison.

— Qu'est-ce qu'on est bien, pas vrai ? affirme, plus qu'elle ne questionne, mon amie en étendant ses jambes devant elle.

Elle est déjà toute bronzée. Être dehors, c'est son truc et, depuis qu'elle vit dans son petit deux-pièces sans balcon, toutes les occasions sont bonnes à saisir. Ski ou raquettes l'hiver, randonnées et baignades dans le lac l'été… Rien ne l'arrête, et moi, je m'épuise à la regarder courir dans tous les sens. Une sortie de temps en temps, oui, mais tous les jours, non merci !

— Ça y est : tu as déjà ton bronzage estival, lui dis-je, un brin envieuse.

— Ben, t'as vu la semaine qu'on a eue ? Lundi, je suis allée marcher au Parmelan. Mardi, j'ai fait trempette dans le lac. Mercredi, marche bis avec le Club alpin français mais à La Tournette cette fois. Et me voilà aujourd'hui dans ton jardin ! Les doigts de pied en éventail et pleine comme un œuf. C'est une tuerie, ton gâteau au chocolat !

J'hésite trois secondes, puis je rectifie dans la foulée :

— C'est le fondant de madame Picard, pas le mien. Elle est bien plus douée que moi sur ce coup-là !

Je vois Nicole se creuser les méninges, avant d'éclater de rire.

— Quelle truffe, avec ta madame Picard !

C'est comme ça que j'appelle ce magasin spécialisé dans la vente de produits surgelés. Ça lui donne un côté proximité que j'aime bien, et force est de constater que je rends toujours à César…

— J'ai failli te demander depuis quand tu revoyais Martine.

— Son nom est Micare. Martine Micare. Pas Picard. Et, pour ta gouverne, je ne l'ai pas revue depuis… *Pffff !* Longtemps, quoi.

— Pour être franche, je préfère. Quelle langue de vipère, celle-là ! Ça m'aurait énervée d'avoir mangé de son gâteau.

— Tu es puérile… je soupire.

— Dit la femme qui mange en cachette des paquets de bonbons.

— Alors voilà : on a une petite faiblesse, et toi, tu en fais des gorges chaudes.

— *Tsss !* En parlant de chaleur… Il y a encore de la limonade ? demande-t-elle, déjà debout.

Nicoucou est à la maison comme chez elle, et j'adore ça.

— Oui ! Il y a une autre carafe dans le frigo du cellier, je précise tandis qu'elle rentre dans la cuisine par la porte-fenêtre. Et ajoute des feuilles de menthe…

Je m'allonge sur le transat. Je laisse le soleil caresser ma peau. Tout pourrait être tellement parfait… Si les enfants étaient encore là. Si Michel ne passait pas tout son temps libre les fesses rivées à une selle de vélo. Si j'étais encore un peu sexy. Si… Oui, tout pourrait être tellement parfait.

— Quoi ?

J'ouvre les yeux et me rends compte, en voyant la tête de Nicoucou, que j'ai dû parler tout haut. La seule donnée que j'ignore c'est : depuis combien de temps. Et, surtout, depuis quand elle se tient devant moi.

— Quoi ? je répète pour me donner une contenance.

— Ben, t'es pas gonflée ! Tes mômes vivent à côté alors que la seule fille que j'ai a mis des milliers de kilomètres entre nous, préférant faire sa vie au pays du sirop d'érable et des grizzlis.

— Je ne voulais…

— *Chutttt !* m'interrompt-elle en levant une main pour m'enjoindre de garder le silence. Tu es grand-mère, moi pas. Ton mari est toujours ton mari après trente-huit ans de mariage. OK, il fait du vélo, mais c'est mieux que de cuver au bistrot.

— Tu es donc là depuis un moment… je réussis à placer.

Mais Nicoucou est en roue libre :

— Quant à tes seins, tu en as toujours deux et tu n'as jamais été inquiétée par eux, alors estime-toi chanceuse ! m'assène-t-elle en reprenant place sur sa chaise longue.

OK, elle a donc tout entendu. Maintenant, c'est sûr, je me sens TRÈS bête. Juliette, sa fille, vit à Montréal depuis sept ans et ne revient que tous les deux ans pour deux semaines. Robert, feu son mari, a été, soyons honnêtes, un salaud durant les trois quarts de leur mariage. Ma copine a dû déménager, car le Robert en question, à sa mort, lui a légué toutes ses dettes. Puis on lui a dépisté, juste à temps, une tumeur au sein droit, bénigne heureusement, mais nous avons vécu une semaine terrible dans l'attente du résultat de la biopsie… Et moi, moi ! Je ne trouve rien d'autre à faire que me plaindre.

— Je suis désolée. Sincèrement… j'essaye de me rattraper.

Elle ne répond pas.

— Nicoucou…

— T'es vraiment un drôle d'oiseau, j'te jure !

Je soupire, soulagée.

— Allez, raconte-moi tes malheurs, Sophie.

— T'es sûre que tu veux les entendre ?

— Sinon je servirais à quoi ? Mais avant, je reprends du carburant.

Elle découpe une généreuse portion de fondant, qu'elle dépose dans son assiette, en équilibre instable sur ses genoux. Elle attrape son verre, rempli de liquide citronné et mentholé, et déclare tout de go :

— Vas-y, ma grande, je t'écoute !

Que lui dire de plus que ce que j'ai déjà marmonné dans ma barbe ? Ah oui, la nouvelle lubie de Michel… Je m'apprête à ouvrir la bouche quand Louise déboule dans le jardin. Elle est en larmes. Nicoucou et moi nous levons comme une seule femme.

— Louise, que se passe-t-il ? je m'inquiète.

Mais Petite Chérie renifle, incapable de répondre. Mon sang ne fait qu'un tour.

— C'est Paul ? Il est arrivé quelque chose à Paul ? je demande, la voix haut dans les aigus.

Ma fille secoue la tête pour dire « non ». La tension se relâche d'un cran, et Nicoucou m'attrape par le bras alors que mes jambes n'en finissent pas de flageoler.

— C'est Stéphane, alors… Il a eu un accident ?

Louise essuie ses larmes d'un geste rageur et plante ses yeux bleus dans les miens. La température baisse d'un coup de plusieurs degrés. Elle m'achève du regard avant de se jeter dans les bras réconfortants de Nicole.

— Tu en… Tu entends ?… sanglote-t-elle. C'est… C'est d'abord des autres qu'elle… qu'elle s'inquiète avant de s'inquiéter pour… pour moi.

— Tu connais ta mère, répond Nicoucou en lui caressant les cheveux.

Ben ça, c'est fort de café quand même ! J'étais tranquillement installée dans MON jardin, sur le point de raconter à MA meilleure amie MES déboires, et voilà que MA fille débarque, en proie à une crise de larmes – semblable à celle que nous avons dû supporter à ses cinq ans, quand Michel et moi avons refusé tout net de lui offrir sa trente-deuxième Barbie –, et pleure sans parvenir à nous dire quoi que ce soit. Je me justifie en expliquant que, puisque je la vois devant moi, c'est qu'elle n'a rien et qu'il est donc normal que je m'enquière de MON petit-fils et de MON gendre. Et là, oui, là, je ME prends une avoinée de première tandis que MA copine prend sa défense. Je rêve.

— Je rêve ! dis-je en m'écartant, énervée. Quand vous aurez fini votre numéro de duettistes et que, Louise, tu seras disposée à nous raconter ce qui nous vaut ta visite surprise, vous pourrez venir me trouver dans le cellier, où je vais de ce pas faire un sort à MES fraises Tagada.

Deux minutes plus tard, je me dis que ce n'était sans doute pas le meilleur moment pour m'affirmer. Mais après tout, zut ! Louise n'a rien. (Une fraise.) Paul n'a rien. (Une deuxième fraise.) Stéphane non plus, à ce que j'ai cru comprendre. Donc… J'enfourne les bonbons un à un, mes pépites de sucre rose, et ressens un bienfait immédiat. Je ferme les yeux et laisse fondre le péché chimique dans ma bouche.

— Elle s'est calmée.

— Hum… ?

— Elle s'est calmée, répète Nicoucou en tirant la porte du cellier.

— Tant mieux pour elle, je réponds, encore énervée.

— Zabou, arrête ton numéro, tu veux ? Pose ou emporte ton paquet mais viens, c'est assez grave.

— Vraiment ? Tu me fais peur…

Alors que je m'apprête à la bousculer pour sortir, mon amie me retient.

— Attends ! Ne fonce pas comme un bulldozer. Laisse-la t'expliquer. Ne prends pas parti. Et… advienne que pourra, termine-t-elle plus bas.

Nous voilà à présent toutes les trois assises autour de la table de jardin. Louise a les yeux rouges et les paupières gonflées. Nicole est installée à sa droite. Quant à moi, je suis en face d'elles. Depuis quelques minutes, aucun mot n'a été prononcé. Je joue avec une tache que je n'ai jamais réussi à enlever sur la toile cirée. De temps en temps, je lève les yeux, mais Nicoucou me réduit au silence d'un simple regard. Finalement, Petite Chérie se décide :

— C'est Stéphane… Il me trompe. Je quitte l'appartement. J'ai donc pensé que Paul et moi, on pourrait venir s'installer ici, le temps que je réfléchisse…

— Ici ? Tu veux dire ici, chez nous ?

— Non, ici, chez la voisine, réplique Louise en se tournant, désespérée, vers Nicoucou.

Bon, d'accord, c'était idiot comme question, mais…

— Bon sang, maman ! Oui, ici ! Je m'installerai dans mon ancienne chambre, et Paul dormira où il dort chaque fois que vous le gardez, papa et toi, pour la nuit, dans l'ancienne chambre de Ben.

Depuis le départ des enfants, Michel et moi avons réagencé l'étage. Leurs chambres ont successivement été converties en bureau, salle de musique – pour que je puisse répéter mes morceaux de flûte traversière – et salle de sport – avec le rameur acheté par Michel mais presque jamais utilisé. Puis, à la naissance de Paul, nous avons de nouveau tout chamboulé afin d'aménager l'ancienne chambre de Ben pour que Paul – et maintenant ses cousines – puisse y faire la sieste. La chambre de Louise, quant à elle, est devenue mon bureau. J'y passe des heures à scrapbooker, à discuter avec mes copines sur Facebook ou à lire sur le clic-clac.

— Je sais que tu t'es fait ton atelier bricolage dans ma chambre…

Le « ma » ne m'a pas échappé.

— … mais, sérieusement, je crois que c'est la meilleure solution. D'ailleurs, papa est d'accord, conclut-elle.

— Comment ça, papa est d'accord ? je m'étrangle. Il est au courant ?

— Ben oui, je l'ai appelé pendant que tu mangeais tes bonbecs.

Ben voyons.

— Tu ne veux pas ? m'interroge-t-elle finalement avec des trémolos dans la voix.

— Bien sûr qu'elle veut ! intervient Nicole tout en essayant de me donner des coups de pied sous la table.

Ta mère est juste sous le choc de ton annonce. Franchement, Stéphane… Hein, Zabou, que tu es sous le choc ?

— Complètement, je parviens à articuler.

En réalité, le choc est triple. Évidemment, Petite Chérie trompée, c'est moche. Mon bureau réquisitionné, c'est moche aussi. Mais qu'elle ait réussi à parler à son père en deux minutes alors qu'il n'est jamais joignable, ça c'est…

— Merci, maman ! s'exclame Petite Chérie en se levant de table et en m'enlaçant par-derrière. Je me sens déjà mieux de vous en avoir parlé. Je vais chercher Paul à la crèche et reviens dans une demi-heure. J'ai déposé nos affaires dans l'entrée. Ne te sens pas obligée de les monter, je le ferai tout à l'heure. Bisous, Nicoucou ! Je file.

Et elle claque la porte d'entrée.

— La porte ! je crie, comme quand elle avait treize ans et qu'elle faisait trembler les murs de la maison rien qu'en sortant, son frère ayant toujours été plus délicat.

Étonnamment, Nicole n'a pas bougé d'une oreille. Elle me regarde, et je vois que sur son visage se mélangent à parts égales le fou rire et la peine.

— Oh, ça va ! je fais.

Alors elle éclate de rire, et moi aussi.

Attention, ne vous méprenez pas. Je suis attristée par ce qui arrive à Petite Chérie, mais au milieu des bouleversements qui m'agitent en ce moment, je dirais que cette information n'est pas au sommet de ma pile. Un peu honteuse, je repense à cette tirade géniale de Maria Pacôme dans *La Crise,* et dans laquelle je me retrouve entièrement : « *Alors, écoute, Victor, tu arrêtes. Tu arrêtes tout de suite. Tu te tais et tu m'écoutes, d'accord ? Alors écoute-moi bien : tes problèmes de boulot, tes problèmes avec ta femme, tes problèmes de fric, tes problèmes en général et en particulier, moi, ta mère, je m'en fous comme de l'an quarante, tu m'entends ? Je m'en fous, mais alors je m'en fous, je peux pas te dire à quel point je m'en fous. Je n'en ai vraiment rien, rien, rien à foutre.* »

— Pendant quelque temps, tes seins qui tombent seront le cadet de tes soucis, hoquette Nicoucou. Et la tête que tu as faite quand elle t'a dit qu'elle avait eu son père au téléphone ! J'aurais dû prendre une photo.

— Ouais, ben, c'est justement de Michel que je voulais te parler, mais je crois que ça attendra le cours d'aquagym d'après-demain. Pour le moment, je vais devoir déménager mon barda et, crois-moi, ça me fait bien ch…

— Toi qui ne voulais pas que tes petits quittent le nid ! enfonce, goguenarde, ma copine.

— J'ai pas dit ça comme ça.

— Si, c'est exactement ce que tu as dit. Et tes vœux sont exaucés. Allez, je me sauve avant le retour de la fille prodigue et bafouée. À plus, ma grande ! lance Nicoucou en m'embrassant. Passe le bonjour à Michel de ma part.

— Très drôle, je rétorque.

Et elle sort à son tour en claquant la porte d'entrée.

— La porte… je soupire.

C'est vrai, qu'elle n'a jamais été très facile à fermer, cette porte, mais non de non, j'y arrive bien, moi !

4

Pizza et tiramisu

Voilà. Louise et Paul sont installés depuis deux jours, et je rêve déjà à ma tranquillité perdue. Ce n'est pas leur faute, ils sont parfaits tous les deux, mais je me rends compte que j'ai passé l'âge de partager ma vie avec une et, a fortiori, deux générations de moins que moi. À cela, ajoutons le « Gendre Moins Parfait », qui téléphone sur le fixe quarante-six fois par jour, ce qui fait de moi une standardiste à temps plein, et Michel, qui est en déplacement jusqu'à la fin de la semaine. Bref, ras le bol ! Aujourd'hui, ce sera donc aquagym le matin et yoga l'après-midi. Nicoucou n'en est pas revenue quand je l'ai appelée hier soir pour lui dire que de dix heures trente à dix-huit heures, je déserterais la maison.

Le temps que je me mette en route, il est dix heures quarante-cinq lorsque nous nous retrouvons dans les vestiaires. Elle m'accueille par un « Alors, la cohabitation ? » jovial, qui ne manque pas de m'agacer.

— Y a pas à dire, t'es une bonne copine ! Compatissante à souhait. J'adore !

— Madame est ronchon, à ce que je vois…

— Pas ronchon.

— Bien sûr.

— Bon d'accord, ronchon. Mais bon sang ! Ma vie, c'est du grand n'importe quoi… je soupire.

— Allez, viens ! m'encourage Nicoucou. On va évacuer les « toxiques toxines », et tu vas me raconter tous tes soucis par le menu.

Je me mets en maillot et fonce sous la douche. Dans l'eau crapautent déjà les habitués du jeudi matin, que je salue d'un mouvement de tête en déposant mes claquettes et ma serviette sur la rambarde prévue à cet effet. Je rentre facilement dans le bouillon de culture à vingt-cinq degrés et prends place à côté de Nicoucou. Jérôme arrive au moment où je réajuste mon bonnet, qui m'arrache à chaque fois une touffe de cheveux. Le cours commence. Ce que j'aime bien avec ce prof d'aquagym, plus qu'avec Françoise qui nous fait cours le lundi, c'est qu'on peut raisonnablement causer sans se faire rappeler à l'ordre, ce qui, compte tenu de ma vie depuis deux jours, me convient… parfaitement !

— Comme je te le disais hier, je passe pour la rabat-joie de service. Michel se dit ravi d'avoir Petite Chérie à demeure, et les « papi boulot » que Paul lui glisse au téléphone le comblent. Il a même écourté d'un jour son déplacement pour rentrer plus tôt au bercail !

— Ma parole, tu es jalouse, commente Nicole.

— Jalouse ?! Jalouse ?!

Je manque de m'étouffer en recevant une éclaboussure envoyée par Janine, juste devant moi. Nicoucou et moi sommes encore en train de faire l'exercice précédent, les bras en l'air, alors que tous les autres exécutent de faire des battements de pieds en s'aidant des flotteurs. Je jette un coup d'œil au coach, qui me lance un regard noir. Nicoucou part nous chercher deux frites et revient à la nage.

— Allez, un peu d'énergie ! nous stimule Jérôme. Position assise. Une frite sous chaque bras. Jambes tendues. On sort les orteils de l'eau et on resserre les jambes. 1. 2. 3. Il vous manque peut-être du matériel, les deux bavardes, non ? nous coupe-t-il, visiblement moins cool que ce que je croyais.

C'est plus fort que nous, nous rougissons comme des collégiennes.

— Pour celles et ceux que ça intéresse de se raffermir les cuisses, on continue. 11. 12. 13...

— On sort ? me demande Nicoucou.

J'acquiesce. De toute façon, je n'ai même pas effectué le quart du dixième des exercices proposés. Dégoulinantes, nous sortons du bassin. Jérôme regarde l'horloge murale.

— Pour les courageux restés dans l'eau, il reste encore vingt-sept minutes de cours. Pour les autres, si c'est parler que vous voulez, le vestiaire est derrière moi.

Penaudes, nous récupérons nos affaires.

— Je crois qu'il est fâché, je hasarde.

— T'inquiète. La semaine prochaine, on reviendra avec des bonnets de bain rigolos en forme d'animaux. J'en ai vu dans une boutique du centre-ville. On le fera rire et on sera pardonnées, me rassure Nicoucou.

On se douche en silence. Mon amie part s'habiller tandis que je reste encore sous l'eau. Ce matin, je n'ai eu droit qu'à de l'eau tiède, car je suis passée la dernière dans la salle de bains. Mentalement, je note qu'il faut que je me lève quinze minutes plus tôt pour avoir l'accès en prem's. Et aussi que je planque ma crème « body resculpt », que Louise a dégotée et dont elle s'est enduite. J'ai retrouvé des traces de doigts dans le pot qui n'étaient pas les miennes. Élémentaire, ma chère Zabou !

— T'es encore là-dessous ? s'exclame Nicoucou en me tirant de mes pensées.

Elle est prête. Tee-shirt marine (sobre), corsaire blanc et Converse bleues.

— J'arrive, je lui réponds. Je saute dans ma robe et mes sandales. Et j'arrive !

— T'as intérêt. On va aller à La Piola. Je t'offre le déjeuner.

La Piola… Je salive déjà à l'idée de ce que je vais prendre. À onze heures quarante-trois, soit dix-sept minutes avant la fin officielle du cours, nous franchissons les portes coulissantes de la piscine. Un soleil estival nous cueille. Nous chaussons nos lunettes. Le restaurant est à un petit quart d'heure de marche. Nous laissons nos voitures sur le parking.

— On fait très Thelma et Louise, mais sans la bagnole, commente Nicoucou.

— Ne me parle plus de Louise ! je rétorque du tac au tac.

Nous éclatons de rire.

Les tables en terrasse sont déjà presque toutes occupées. Claudio, le patron, est au téléphone et nous fait un petit signe de la main tandis qu'un serveur se dirige vers nous.

— *Buongiorno signore ! Due ?*

— *Si, due*, répond Nicoucou, en se la pétant un peu.

— *Per favore, seguimi...*

Ah, cet accent ! Bien sûr que je le suis... Dans la petite rue en pente de Taormine. À Capri... Et même, soyons folles, me voilà pour quelques secondes dans la peau d'Anita Ekberg.

— Tu es avec moi ? me demande Nicoucou, déjà attablée.

J'ouvre les yeux. Le serveur, Marcello – j'ai décidé de l'appeler comme ça –, me tend la carte. Je la lui prends des mains, et il s'éloigne.

— Ben, ma vieille ! fait ma copine. T'es vraiment bizarre en ce moment !

— Tsss... Tsss... je réponds en tournant les pages de la carte.

— Je ne sais pas pourquoi tu regardes, puisqu'on sait exactement ce que tu vas prendre.

— Ben non, on ne sait pas...

— Ben si, on sait.

— Ben non…

— *Va tutto bene ?* nous interrompt Claudio.

— Oui, merci, je lui réponds en ajustant mes lunettes.

— Au poil, répond Nicoucou, ce qui amuse le patron, un de ses amis.

Il enchaîne en français.

— Tenez, je vous apporte un petit Spritz pour l'apéro, cadeau de la maison. Et dès que vous voulez commander, vous faites signe à Marcello…

— Marcello ? je répète, stupéfaite d'avoir deviné le prénom du beau *ragazzo*.

— Non, je vous fais marcher ! dit Claudio, hilare. Il s'appelle Jean-Pierre mais il lui ressemble, pas vrai ? Je l'ai embauché exprès !

Je baisse la tête, honteuse de m'être fait piéger comme une bleue.

— Tu as bien fait, répond Nicoucou en lui donnant une petite tape amicale sur la main. Je suis sûre que Zabou s'est vue barboter dans la fontaine de Trevi.

Grrrr. Qu'elle m'agace, à si bien me connaître !

— Quand tu es arrivé, Claudio, j'étais en train d'affirmer à Zabou que je savais ce qu'elle allait commander et elle me soutenait le contraire…

— La quatre fromages comme d'habitude, non ?

Nicoucou éclate de rire. Mon Dieu, suis-je si prévisible ?

— C'est bon, vous avez gagné ! Si le pizzaiolo ne fait toujours pas la cinq fromages, c'est donc la quatre que je prendrai… Mais laissez-moi au moins le plaisir de la commander à Marcello.

— *Certo*, répond Claudio en s'éclipsant.

— Je le savais, assène Nicoucou, toujours morte de rire. Je le savais.

— Toi, tu m'énerves, dis-je en aspirant le liquide orangé.

— Que veux-tu ? On est un vieux couple ! soupire-t-elle.

— En parlant de vieux couple, il faut vraiment que je te parle de Michel. Et de sa dernière lubie. On commande et je te raconte tout.

— Garçon ! s'exclame Nicoucou en levant précipitamment une main. Nous avons fait notre choix.

— Tu es une incorrigible curieuse.

— Pas du tout ! se défend Nicoucou. Mais j'en ai marre que tu fasses la gueule un jour sur deux, et encore plus le week-end.

— Ben, justement, le week-end…

Mais Marcello arrive, carnet en main et démarche chaloupée. Je bafouille pour prononcer « quatre fromages », et la commande est envoyée. Je vais enfin vider mon sac.

— Je ne te crois pas, ne cesse de répéter Nicoucou, quelques minutes plus tard.

— Eh bien, tu ferais mieux… Je te dis que le vélo est devenu sa grande passion. Il lui arrive même de rentrer plus tôt du boulot pour sauter dans son cycliste et enfourcher sa petite reine. Et note que c'est pas moi la reine !

— Arrête, tu me fais rire !

— Jaune, alors.

— Comme le maillot !

Maintenant, elle se bidonne sans retenue.

— Attends, tu ne crois pas si bien dire. Hier soir, Michel, qui est pour trois jours à Paris, m'appelle et me dit, comme ça, de but en blanc : « On ne partirait pas en juillet, cette année ? » Comme tu le sais, je préfère juillet à août. Je saute donc sur sa proposition : « Fabuleux, mon chéri ! Tu as une idée de destination ? » « Oui, et elle est géniale ! On loue un camping-car, on passe quelques jours dans les Pyrénées et on se pose deux semaines dans les Landes. Je pensais à Montalivet. Tu te souviens ? » Évidemment que je me souviens ! On n'avait pas encore trente ans. On allait sur la plage des naturistes. On s'envoyait en l'air dans les dunes. Bref. « Tu sais qu'on a un peu vieilli, pour Montalivet, non ? » « Tu es toujours aussi belle », réplique-t-il. Je fonds et suis sur le point d'accepter quand je me rappelle qu'il a également proposé de passer quelques jours dans les Pyrénées. Je lui demande pourquoi. « Pourquoi ? » répète-t-il. « Mais, Bibiche… » Et là, crois-moi, je sens que ça va déraper…

— « Bibiche », sérieux ?

Mon amie est estomaquée. J'acquiesce en levant les yeux au ciel.

— Et alors ? questionne Nicoucou, impatiente.

— Ça n'a pas manqué… Tu es bien assise ?

Nicoucou hoche du bonnet.

— « Mais, Bibiche, pour assister aux étapes de montagne du Tour de France ! » Et le voilà-t'y pas qui me fait la retape en détail de la Grande Boucle : « Alors, on arriverait à Pau le 12. Le 13, on monte au Tourmalet une journée avant les coureurs… »

— Un caillou d'une telle désolation, commente Nicoucou.

— Je ne te le fais pas dire ! Le Tourmalet donc, où on dormirait dans le camping-car pour voir passer les cyclistes le lendemain. Je t'épargne son enthousiasme quant à la caravane du Tour qui distribue casquettes et porte-clefs. Mais je t'ai gardé le meilleur pour la fin, car mon 14 juillet, cette année, promet d'être aux petits oignons : Michel veut faire l'ascension à vélo pendant que je serai au volant du Bürstner. Là, je me suis doutée que c'était le nom du machin… Un monstre, soit dit en passant – j'ai cherché sur Internet.

— En fait, tu seras sa propre caravane, mais en camping-car, pouffe Nicoucou, qui ne se rend visiblement pas bien compte de mes malheurs.

— *Pffff !* Tu m'avais promis une oreille bienveillante…

— Tu as raison. Excuse-moi. Mais je suis sur le cul, si tu m'autorises cette expression.

— Je te l'autorise, mais gardes-en un peu pour la suite.

— Qu'est-ce qu'il a trouvé encore ?

— Eh bien, on retournera à Pau parce qu'il prévoit d'aller serrer quelques paluches de cyclistes et de parler avec eux grands et petits plateaux, pistons et de je ne sais trop quoi d'autre.

— Bon, ça, ce n'est pas le pire.

— OK. Mauvaise histoire.

— Non, ne t'énerve pas. Mais après le Tourmalet au volant et la plage des naturistes, je pense que c'est le summum.

— Presque. Parce que môssieur a la ferme intention de relier Pau à Montalivet à vélo, et c'est moi qui vais me coltiner le bazar à conduire.

— Vois le bon côté des choses, déclare Nicoucou après quelques secondes de réflexion. Il ne t'oblige pas à faire du cyclotourisme.

Je fonds en larmes. Et puis, tout à coup, je suis prise de bouffées de chaleur. À tel point que j'ai de la buée sur mes lunettes de soleil.

— *Stai bene ?* demande Marcello.

Non, ça ne va pas... Je me sens vieille, moche et inutile. Je me lève en renversant mon verre et me précipite aux toilettes, sous les regards consternés des clients attablés.

5

La journée n'est pas finie

Après le déjeuner au restaurant, Nicoucou me traîne en ville pour faire les soldes. Sauf que les soldes, c'est dans une semaine ! Je trouve quand même une petite robe à cent vingt-sept euros. Au moment de payer, j'hésite. La carte de Michel, oubliée dans mon sac, me fait de l'œil.

— Vous réglez comment, madame ? me demande la vendeuse.

Je pique un fard et bafouille :

— Par carte.

Je la tends nerveusement.

Plaisir délicieux et condamnable. Je glisse la Gold de mon mari dans l'appareil, tape son code. Le ticket s'imprime tandis que je récupère la carte et la remets dans mon porte-monnaie. Munie du sac en papier au logo du magasin, je rejoins Nicoucou, qui m'attend devant la boutique.

— T'en fais, une tête ! me dit-elle.

— J'ai payé avec la carte de Michel, je lui avoue.

— Tu as fait ça ? Ben, ma Zabou !

— Je n'aurais pas dû ? Tu as raison, je vais rendre la robe…

— Je n'ai pas dit ça, rétorque ma copine en me retenant par le bras.

— Là, tout de suite, j'ai honte.

— Honte de quoi ? De t'être acheté une jolie robe pour fêter ton anniversaire ?

— Avec les sous de Michel…

— Ça se discute… Vous avez un compte joint.

— En plus, j'ai triché : je n'ai pas réussi à la boutonner jusqu'en haut à cause des tiramisus.

Je me sens doublement embarrassée. Nicoucou le remarque et tranche :

— Non, arrête ! C'est fait, c'est fait. D'un, les tiramisus empruntent déjà un chemin qui nous est étranger et seront bientôt évacués.

— Tu es un vrai poète, je souffle.

— Et de deux, poursuit-elle sans se laisser démonter, la gérante de la boutique *Lisa pour Elles* ne va pas lui recréditer sa carte, pas vrai ?

— Non, c'est sûr, mais…

— Mais quoi ? Pour la carte, tu diras à Michel que tu as confondu avec la tienne. Et puis d'abord, pourquoi as-tu sa carte ?

— Comme d'habitude, parce qu'il ne veut pas « s'encombrer » quand on se balade. Du coup, c'est moi qui porte – papiers, argent…

— Alors c'est réglé ! C'est un acte manqué. Un appel au Dieu des soldes.

— Arrête avec tes soldes. Ils n'ont pas encore commencé. Je viens de claquer cent vingt-sept euros dans une robe que je ne porterai sans doute jamais.

— Cent vingt-sept euros ?! Moins y a de tissu, plus c'est cher, philosophe Nicoucou, pensive, avant de reprendre. Et pourquoi, s'il te plaît, tu ne la porteras jamais ?

— Je suis boudinée dedans et…

— Et quoi ?

— Elle a des pois.

— Et ?

— Tu n'as rien écouté de mes doléances ? je m'agace.

— Quoi ? Le Tour de France ? Ils sont rouges, les pois de ta robe ?

J'acquiesce.

— Raison de plus ! s'exclame-t-elle. Tu la porteras en guise d'hommage, en conduisant le camping-car le 14 juillet dans la montée du Galibier.

— Du mont Ventoux, je corrige.

— Tu seras raccord avec le maillot du meilleur escaladeur, conclut elle, hilare.

— Escaladeur, ça n'existe pas. On dit grimpeur, je corrige de nouveau, pour la forme.

Nicoucou éclate de rire. Et je me laisse gagner par sa bonne humeur. Nous sommes encore pliées en deux quand nous débouchons rue Royale. Le salon de thé *Au fidèle berger* m'attire comme un aimant. J'ai la langue qui pend devant les macarons multicolores qui embellissent la vitrine. J'en oublie la robe que je ne ferme pas. La pizza aux quatre fromages. Les tiramisus. Et même le camping-car.

— Tu crois que Michel, dans sa grande magnanimité, nous paierait un thé et une pâtisserie ? demande ma copine.

Pour toute réponse, je pose ma main sur la poignée de la porte. Je précède Nicoucou dans ce lieu que j'élève, là, tout de suite, maintenant, au rang de patrimoine gourmand d'Annecy.

Températures estivales obligent, la terrasse est blindée, mais qu'importe, nous prenons place dans un angle de la salle climatisée. Le violet de la déco m'apaise illico. La serveuse, qui doit avoir l'âge de Petite Chérie, vient prendre notre commande. Nicole se laisse tenter par un café et une coupe de glace. Moi, je prends un thé aromatisé à la figue fraîche et trois macarons : noix de coco, miel et datte, et le dernier à la violette. Hommage au lieu. Une fois que nous avons été servies, ma copine me demande :

— Alors, qu'est-ce que tu vas faire ?

Je dois bien reconnaître que, pour l'heure, je n'en ai aucune idée.

* * *

Quand j'arrive chez moi, je ne peux pas me garer. La voiture de Petite Chérie trône sur ma place devant la porte du garage, dans lequel nous n'avons jamais pu faire rentrer nos voitures, soit dit en passant, tant il est rempli de bazar. Alors que je reste plantée au volant, espérant sans doute un miracle, une information de la plus haute importance se fraie un chemin jusqu'à mon cerveau : la voiture de Michel est là aussi. Je regarde le tableau de bord, où l'horloge électronique indique un petit 17 h 53. Mon mari, l'homme qui ne rentre plus jamais avant 19 h 30 depuis deux ans, est là. Mes mains commencent à trembler, mes yeux se remplissent de larmes. Quelle nouille !

Je renifle au moment où la porte d'entrée de MA maison s'ouvre, libérant le passage à Paul et à Louise. Mon petit-fils me voit et tend les bras.

— Mamie ! Mamie !

— Mamie va se garer, mon lapin. Elle revient, je lui dis en baissant la vitre.

Je fais signe à ma fille que je vais plus loin, là-bas, sur le parking visiteurs… Je rêve ! Le temps de tamponner mes yeux, Paul et Louise m'ont rejointe. J'attrape mon sac à main, le sac qui contient ma robe, et je m'extirpe de l'habitacle.

— Mamie ! Mamie ! crie mon petit-fils en se jetant dans mes jambes.

— Mon poussin ! je lui réponds en l'embrassant.

— Mamie ! répète-t-il en me tirant par la main.

— Paul, attends deux minutes ! rouspète Louise.

Paul se renfrogne un peu mais continue à babiller :

— Mamie. Papi. Paul. Vélo…

Oh, misère ! je pense instantanément. *Michel est en train de contaminer notre petit-fils.* Je me tourne vers Louise, qui hausse les épaules.

— Papa a réparé ton vieux biclou.

— Biclou, biclou ! chantonne Paul en se marrant comme une baleine.

— Quoi ? je fais.

— Biclou ! poursuit-il, que le nom semble amuser.

— Ton vélo hollandais, précise Louise.

Ah ! Mon vélo hollandais. J'aurai dû le donner depuis longtemps. Déjà, quand Louise était petite, il me sortait par les trous de nez. Imaginez la bête : trente-sept kilos sans personne dessus, rétropédalage qui fait se casser la margoulette, pas de vitesse. Bref, parfait pour flâner le long des canaux à Amsterdam – d'où le bien-nommé « vélo hollandais » –, nul pour Annecy et ses environs – je parle des montagnes. Mes réflexions sont interrompues par le flot de paroles continu de Louise.

— Il l'a lavé, regonflé et a installé le vieux siège que j'avais quand j'étais petite.

— Paul ne peut pas monter sans casque, je l'interromps.

— T'inquiète, je suis allée le chercher chez moi. Il y avait Steph.

J'ouvre des yeux ahuris.

— Il m'a suppliée de revenir.

— Et… ? je demande, pleine d'un espoir égoïste.

— Ben, il peut rêver. Je reste chez vous.

— Papi. Vélo, redit Paul, qui commence à trouver le temps long.

— Tu as acheté quoi ? questionne Louise en désignant le sac en Kraft *Lisa pour Elles*.

— Une robe.

— Montre.

Je lui tends le paquet.

— À pois ?! s'exclame ma fille, horrifiée.

— Heu… oui, pourquoi ?

— Les pois, ça grossit, déclare-t-elle, péremptoire. Et le rouge aussi. Viens, Paul, on va rejoindre papi.

La sentence « Les pois, ça grossit, et le rouge aussi » me tourne encore dans la tête tandis que je me mets à mon tour en marche pour rejoindre ma moitié et notre descendance, que j'entends s'esclaffer au loin. Je suis au bord de la dépression nerveuse. Je le sens.

* * *

J'ai une heure et demie de tranquillité devant moi. Michel et Paul, casqués, sont partis à vélo. Petite Chérie squatte mon ordinateur, et ma salade de pâtes est prête pour le dîner. Je décide donc de me faire couler un bain. N'allez pas vous imaginer une salle de bains de magazine. Loin s'en faut. J'ai toujours détesté la nôtre. Trop petite, sans fenêtre, des toilettes collées au radiateur – ce qui fait que tout le monde choisit celles-ci plutôt que celles du bas, où « on se caille le cul », *dixit* Ben –, une pile de journaux… Je n'ai jamais compris l'intérêt de lire aux W.-C. mais, visiblement, je suis l'exception de cette maison. Petite Chérie, Benjamin, Michel et même Paul – les jumelles sont encore trop petites – adorent ça.

J'allume une bougie au santal, règle l'éclairage du plafonnier sur « ambiance tamisée » – en réalité, l'une des deux ampoules a grillé et je ne l'ai pas remplacée, car je déteste toucher les trucs électriques –, verse trop de ce bain moussant onéreux à la pêche de vigne, rapproche mon peignoir pour sauter dedans au sortir de la baignoire, vérifie que mon roman est à portée de main et me glisse délicieusement et égoïstement dans une eau à la température parfaite. Je ferme les yeux et laisse mon esprit vagabonder. Quand je les rouvre, Petite Chérie est assise sur le couvercle de la cuvette des toilettes. Elle me regarde. Je ramène la mousse sur mes seins dans un geste de pudeur excessive qu'elle ne manque pas de me faire remarquer.

— Maman, arrête ! Je t'ai déjà vue à poil.

— Heu… certes, mais… je ravale mes mots ainsi que l'eau du bain en voyant ses yeux se remplir de larmes.

Pas vraiment le lieu ni le moment pour entamer une discussion hautement spéculative sur la vie, l'amour, la mort, mais je sais que je vais y avoir droit.

Sois une mère moderne, je m'intime en silence. *Ouvre ton esprit.*

— C'est Stéphane…

Oui, je m'en doute.

— Il vient de changer la photo de son profil.

Je mets quelques secondes à connecter. Trop, visiblement, si j'en juge par la moue dépitée de Louise.

— Sur Facebook.

— J'avais saisi, je parviens à placer. J'y suis aussi, je te rappelle.

— Oui, avec tes quinze copines et Benjamin.

— C'est un début.

— Ça fait deux ans que tu es sur Facebook, maman, soupire Petite Chérie.

— Bon, et quoi, « Stéphane a changé la photo de son profil » ?

— Tu ne comprends vraiment rien ! Avant, on y était tous les deux ; maintenant, c'est lui tout seul.

— Ça ne veut rien dire.

— Au contraire, ça veut tout dire.

— Mais tout à l'heure, il voulait que tu reviennes ! j'essaye, pleine de compassion.

— Justement ! C'est un fourbe ! C'est la preuve…

D'un coup, j'ai cent douze ans. Je suis larguée.

— De toute manière, tu as toujours pris sa défense !

J'ouvre la bouche et la referme, médusée.

— Laisse tomber.

Vexée, Louise quitte la salle de bains en laissant la porte ouverte. Un jour, je ferai une étude sur les raisons qui la poussent à agir ainsi : pourquoi claque-t-elle systématiquement la porte d'entrée comme une forcenée et pourquoi laisse-t-elle ouverte la porte d'une pièce qui appelle à un minimum d'intimité ? À ce stade, le mystère reste entier. J'attrape mon peignoir. La relaxation a été de courte durée.

6

Enfin tranquille

Il est minuit dix-sept. Voilà, tout le monde est couché. Je savoure le silence retrouvé. J'aurais bien fait un peu de scrapbooking, mais je refuse de laisser l'idée s'installer dans ma tête. Je suis une mère cool, qui accepte que sa fille et son petit-fils viennent s'installer à la maison dès les premiers signes de flottement dans le couple. Tellement cool que je me résigne à l'idée que Petite Chérie et Paul vivent à demeure jusqu'à ma mort. Afin de chasser cette pensée morbide, j'emprunte l'ordinateur portable de Michel, descends au salon, m'assois sur le canapé, installe monsieur Mac sur mes genoux et rentre les mots de passe de ma boîte mail et de Facebook. Voyons ce qu'il s'est passé dans la vie des gens que je ne connais pas… Tiens, Nicoucou est connectée. Hyperactive, elle ne dort jamais. Je lui envoie un message sur Messenger. C'est Ben qui m'a expliqué comment faire. J'essaye de convertir mes copines à la technologie, un peu lourdement certes, mais ce n'est pas gagné. À part Nicole, partante pour tout. À l'époque, ça avait rendu folle Petite Chérie et nous avait valu une discussion houleuse – la énième.

— Mais de quel droit tu embêtes tout le monde, maintenant, avec Facebook, Messenger et tout le bazar ?

Comme d'habitude, j'étais restée sidérée. Qu'est-ce qui me valait ce jugement vindicatif ?

— Quand j'étais gamine, tu refusais même de laisser un message sur un répondeur. Dès que tu te mets à un truc, même avec trois ans de retard, après avoir juré qu'on ne t'y prendrait jamais, que c'était la mort des relations humaines, bref, quand tu t'y mets enfin, tu prêches pour que tout le monde fasse pareil. Eh bien, tu sais quoi ? Les gens ne t'ont pas attendue pour agir par eux-mêmes !

Le coup du répondeur, honnêtement, je ne m'en rappelais pas. C'est ce que je lui avais répondu. Et ça l'avait rendue hystérique.

— Tu ne te souviens que de ce qui t'arrange ! Et encore, remis à ta sauce. Tu es la reine du « Faites ce que je dis mais pas ce que je fais ». Sérieusement, je plains papa quand il sera à la retraite !

Ben était arrivé à la fin de cette tirade de Petite Chérie. Il avait senti que ça pouvait dégénérer et avait prétexté je ne sais plus quelle excuse pour nous séparer. Ben, le médiateur. Mon grand garçon ! Trop doux et trop sensible, pris entre sa môman et sa petite sœur adorées. Je me demande comment j'ai pu avoir des enfants aussi différents alors que je les ai élevés exactement de la même manière. *Ouch !* Heureusement que je n'avais pas formulé tout ça à voix haute devant Louise…

Je me souviens d'une autre altercation musclée à ce sujet. J'évoquais le thème crucial de l'éducation avec ma belle-mère quand Louise m'avait sauté à la gorge. Elle venait d'accoucher de Paul.

— Mais comment peux-tu dire ou même vouloir un truc pareil ? C'est impossible d'élever ses enfants de la même manière, et c'est tant mieux. Ne pas le reconnaître est d'une bêtise inexcusable ! D'abord, c'est nier l'individualité de chacun, ses besoins, ses points forts et ses faiblesses ; ensuite, ça signifie que vraiment, vraiment…

Quand elle est énervée, ma fille répète souvent les adverbes.

— … tu n'as rien retenu des douze milliards de bouquins sur le développement personnel, des Jacques Salomé et de toute la clique que tu lis depuis trente ans !

— Je te rappelle que tu n'as qu'un enfant, j'avais glissé.

— Et alors ? Je sais pertinemment que je ne commettrai jamais les mêmes erreurs que toi. C'était trop pesant !

Sur ce, Paul avait hurlé. De faim. Louise avait dégrafé son soutien-gorge et lui avait collé son sein dans la bouche. La tension était retombée aussi sec, et ma belle-mère en était restée comme deux ronds de flan. Ce qui n'était pas son habitude.

Je ne peux m'empêcher de me dire que, depuis, l'eau a coulé sous les ponts. C'était quand le bébé numéro deux était d'actualité, et donc quand Louise et Stéphane filaient le parfait amour, que j'étais tranquille chez moi, que je pouvais décider de faire du scrapbooking à une heure du matin si le cœur m'en disait, que j'avais de l'eau chaude le matin en me levant, que je n'étais pas espionnée dans mon bain, que je n'achetais pas une robe à pois rouges à cent vingt-sept euros, que… Mon esprit divague beaucoup en ce moment, et je suis tirée de mes pensées par un signal sonore indiquant que j'ai reçu un message.

T'as vu ?

Quoi ?

J'ai changé la couleur de notre conversation.

Ah oui ! Comment t'as fait ?

Je te montrerai demain, sinon tu vas criser toute seule devant l'ordi, comme d'habitude. Mais ce n'est pas pour ça que je t'écris. Comment ça s'est passé avec Michel ?

Il ne s'est rien passé.

Comment ça ?

Trop long à t'expliquer là, mais promis, je te raconte demain.

OK. Au fait, on va au yoga ?

On va au yoga ? Heu… non, pourquoi ?

J'ai reçu un mail d'Axel !

Tu as reçu un mail d'Axel ?

Tu vas réécrire tout ce que je dis ou tu vas faire des phrases par toi-même ?

Je suis surprise, c'est tout. Il faut que tu m'expliques...

Ben, pas grand-chose de plus. J'ai reçu un mail d'Axel qui nous invite à suivre « gratuitement » son dernier cours demain.

Pourquoi il ne m'a rien dit, à moi ?

Il a ton adresse mail ?

Non, je ne pense pas.

Tu la lui as laissée à la fin du cours Groupon ?

Non, et toi ?

Zabou... Rassemble-toi ! Et laisse-moi finir. Il propose que nous allions ensuite tous pique-niquersur le Pâquier. Il a quelque chose à nous dire...

...

Je n'ai rien pour préparer un pique-nique. Ils ont bâfré toute ma salade de pâtes, ce soir.

T'occupe pas du pique-nique. J'ai une quiche dans le four, j'ai fait une salade niçoise, et j'ai du sauciflard et du from'ton. On achètera du pain sur la route, et tu as bien une dizaine d'abricots qui se battent dans ta corbeille à fruits.

...

Zabou ? T'es là ?

Axel t'a envoyé un mail ?

Oui, on a échangé un peu.

Tu le dragues ?

Mais tu es une grande malade ! Il pourrait être mon fils, et je te rappelle que je ne suis pas Josiane. La cougarditude...

Ce mot n'existe pas.

Je sais. Ça m'amuse, c'est tout.

Pourquoi vous vous écrivez ?

On a parlé « randonnées ». Bon, on s'en fout. Demain ?

Quoi, demain ?

Je passe te chercher à onze heures moins le quart. Je file. La quiche sonne !

Nicoucou ?

...

Nicoucou ?

...

Elle vient de me planter sur « La quiche sonne ». Je rêve ! Bon, si je veux être un tant soit peu en forme demain, je vais devoir aller me coucher. La Facebooksphère n'a rien à me révéler, à part des sottises de chats, des photos d'assiettes, pleines dans le meilleur des cas, à moitié vidées dans l'autre. Bref, drôles, les chats ; zéro intérêt, les vues culinaires de chefs en herbe.

Je me glisse dans la chambre conjugale. Michel ronfle, et ses jambes gigotent. Il n'est toujours pas descendu de selle, on dirait. Ma dernière pensée avant de sombrer dans les bras de Morphée : Nicoucou envoie des mails à Axel.

7

Alors ça, pour une nouvelle...

Ponctuelle comme un(e) (Ni)coucou suisse. Deux coups secs contre la porte et elle entre. Cette fois, je suis en tenue. Un legging gris souris, un tee-shirt violet, des baskets, violettes elles aussi. Ce matin, à l'ouverture du magasin de sport dans la zone commerciale d'Auchan, je suis allée m'offrir la tenue *ad hoc* pour mon ultime cours de yoga. J'ai même un sac de sport tout neuf. Nicoucou n'en revient pas.

— Waouh ! T'as fait des frais encore… Michel le sait ?

— T'es vraiment naze ! je lui rétorque. C'est avec mes sous et…

Les mots suivants meurent dans ma bouche. Je viens de lire l'inscription sur son tee-shirt :

Je suis vierge.
Ce tee-shirt est vieux.
L'une de ces deux affirmations est vraie.

— Tu ne vas pas porter ça pour le cours, j'espère ?

— La preuve que si. Pourquoi ?

— Pourquoi ? Et si un flic nous arrête sur la route ? Ou si on tombe en panne ? Si…

— Tu imagines toujours le pire, toi. Et puis quoi ? Ce tee-shirt est vieux, pas vrai ? Allez, on y go !

— Tu n'es pas nette dans ta tête, j'te jure ! Je m'en fiche, je ne t'accompagne pas acheter du pain.

— Ça tombe bien, ma chérie, tu vas y aller toute seule. Moi, je conduis, je te rappelle. Je resterai donc en double file.

Elle passe du coq à l'âne.

— Tu as les abricots ?

J'acquiesce.

— Alors en voiture, Simone ! On va être en retard.

Elle se glisse derrière le volant, et moi sur le siège passager. Je suis bien décidée à avoir le fin mot de cette histoire de mails échangés, à lui tirer les vers du nez, le temps du trajet, et à ne pas la lâcher d'une semelle de basket jusqu'à ce que je sache. Je suis aussi curieuse de découvrir ce « quelque chose » que le bel Axel a à nous annoncer.

Le cours se déroule sans encombre. Je suis aussi rouillée que la fois précédente. Puis nous empruntons à pied le chemin du Pâquier avec nos paniers de pique-nique. Il y en a pour un régiment. Axel ouvre la marche en causant avec Serge. Nicoucou discute avec Cynthia ou Katia (je suis nulle en prénoms en « A »), qui lui a avoué qu'elle A-DO-RAIT les tee-shirts comme le sien.

— J'en ai un sur lequel est écrit : « J'peux pas, j'ai piscine. »

— Dingue ! Hé, Zabou, t'entends ça ?

Et, sans attendre la moindre réaction de ma part, mon amie ajoute :

— On veut le même. Tu l'as acheté où ?

Blablabla… Je suis la plupart du temps, je crois, bonne camarade, mais je ne sais pas pourquoi aujourd'hui le « pia-pia » des unes, les réflexions des autres et notre sublime prof, tout de blanc vêtu, qui marche tel un félin devant moi, ça m'agace. Je m'apprête à déposer le panier rempli de victuailles sur le bord du chemin et à faire demi-tour quand je me rappelle que je suis venue dans la voiture de Nicoucou.

— Fait ch… ! je grommelle en réalisant que je suis dépendante pour rentrer.

Si Petite Chérie était là, elle dirait : « Et nous ? Tu t'en fichais pas mal quand on devait se taper Metz-Tessy – Annecy alors qu'il n'y avait que trois bus par jour ! »

En vrai, je ne crois pas que je m'en fichais. Mais qui sait ? Peut-être que ça ne me déplaisait pas, de les enquiquiner un peu, son frère et elle. Je ne m'en souviens plus, de toute façon. J'ai tellement fait le taxi pour Louise et Ben. Danse, théâtre, tennis, judo, cours de guitare et de harpe… Aucun souvenir des trajets en bus que je leur aurais infligés, pauvres poussins ! Manquerait plus que je couve un Alzheimer précoce… L'angoisse absolue.

Comme devenir aveugle, le cauchemar qui me hante depuis mes six ans. Quoi qu'il en soit, je porte sans doute des gènes surdéveloppés de mère indigne. Oui, ça doit être ça. Moins flippant que l'idée de perdre le ciboulot ou la vue… Mais le bus, c'est vrai que c'est ch…

— Aïe !

Nicoucou vient de me sortir de mes pensées avec une claque sur les fesses. Elle enfonce le clou.

— Hé ! T'es avec nous, ou quoi ?

Le malaise ! Comme un gosse pris les doigts dans le pot de confiture. Je souris pour dissiper la gêne.

— Ah ! Je préfère ça. Zabou est de retour parmi nous, déclare-t-elle au groupe, hilare.

Mais qu'est-ce que je suis venue faire dans cette galère ? Ah oui ! Axel a une annonce à nous faire. Elle a intérêt à être tonitruante, fracassante, retentissante, assour…

— Zabou ! Zabou ! crie Nicoucou dans mon dos.

Qu'est-ce que j'ai fait encore ?

Je me retourne. Ils sont tous assis sur des plaids ou des couvertures.

— Un peu plus, et tu tombais dans le lac, me dit Axel en se relevant d'un bond et en venant vers moi pour me délester de mon panier. Viens !

Nous rejoignons tous les deux les quelques mètres carrés de gazon bien vert qui vont nous servir de table de pique-nique pendant deux heures environ.

— Mesdames, faites de la place à Zabou ! Elle s'assoit près de moi.

J'entends des soupirs de contestation, mais je n'ose pas regarder d'où ils viennent. Me voilà assise en tailleur, essayant de faire bonne figure, aux côtés du bel Apollon, qui s'est installé dans la position du lotus – que je n'arriverai sans doute jamais à tenir, mes pieds n'étant pas copains avec le dessus de mes cuisses. On déballe les victuailles. Il y en a VRAIMENT pour un régiment. Nicoucou découvre sa quiche, Serge sort un tire-bouchon, les « A » s'enthousiasment, et moi, ben moi, je ne fais rien. Dans des gobelets en plastique, l'apéro se compte en centilitres.

— Kir mûre ou pêche, Annabelle ? me demande Serge en me touchant le bras.

Je ne relève pas l'erreur de prénom et réponds :

— Pêche, s'il te plaît.

Nicoucou me regarde d'un drôle d'air, en plongeant une main dans un Tupperware plein de bretzels.

À la deuxième tournée de kirs, Axel prend la parole :

— Avant tout, je voulais vous remercier pour l'année qui vient de s'écouler. C'était vraiment sympa de vous avoir en cours.

— On sera là l'année prochaine, affirme l'une des « A » en levant son verre.

Axel sourit et dit d'une voix douce :

— Oh, Cynthia, c'est adorable, mais l'année prochaine, je n'enseignerai plus ici.

Mouvements de panique sur la couverture-nappe.

— Mais non ! s'exclame l'autre « A ».

Katia donc.

— Eh bien, si. C'est ce que je voulais vous annoncer. C'est Claire qui reprendra mon cours. Je quitte Annecy et pars rejoindre mon copain à Sitges, à côté de Barcelone. Nous venons de signer l'achat d'une grande maison face à la mer. La partie basse sera convertie en ashram, où nous recevrons nos élèves.

Un silence de plomb s'abat sur le Pâquier. Enfin, Serge lève son gobelet.

— Félicitations !

— Oui, bien sûr, mais…, renchérit Cynthia.

— Oh là là ! gémit Katia.

— Ça alors ! réplique Nicoucou, très impliquée.

Intérieurement, je soupire de soulagement. Vu comme c'était parti, Nicoucou aurait voulu qu'on se réinscrive.

— Ce n'est pas tout, ajoute Axel. Je sais que je m'y prends tard, je me doute que vous avez déjà arrêté vos projets pour l'été, mais voilà : dans quinze jours, j'accueille mon premier groupe. Hier, quelqu'un s'est désisté au dernier moment. Il y a donc une place de libre. Tout a déjà été réglé, il ne reste que le billet d'avion à acheter. Vous êtes les premiers à qui j'en parle. L'un de vous est-il intéressé par dix jours de stage yoga-détox en Catalogne dans mon ashram ?

Les « A » se concertent, chagrinées. Cynthia sort son téléphone et scrolle – c'est Petite Chérie qui m'a appris ce mot – son écran.

— De quand à quand, exactement ? demande-t-elle.

— Du 10 au 20 juillet, répond Axel.

Elle soupire.

— Impossible pour moi, nous partons en Bretagne. Et toi, Katia ?

— Cette année, j'ai les enfants en juillet.

— Moi, je pars trois jours chez ma mère pour le 14 juillet, nous apprend Serge.

Tous les regards convergent vers Nicoucou et moi.

— Alors moi, comme vous le savez... je commence.

Mais Nicoucou m'interrompt :

— Si personne ne peut, moi, je viens !

Le visage d'Axel se fend d'un large sourire.

— Nicoucou ! Il manquait dans ce groupe un trublion comme toi. Je suis ravi de t'accueillir. Nous parlerons des formalités après le pique-nique afin de ne pas embêter les autres avec ça. Maintenant, mangeons ! Je ne sais pas vous, mais moi, je meurs de faim !

Eh bien, pas moi. Je viens de perdre l'appétit.

* * *

J'attends dans la voiture qu'Axel et Nicoucou terminent de mettre au point leurs petites affaires. Je rumine. Est-ce que je lui saute à la gorge tout de suite quand elle se sera glissée derrière le volant ou est-ce que j'attends qu'on soit arrivées à Metz-Tessy ? La portière conducteur s'ouvre, et Nicoucou s'installe. Elle est aux anges. Son sourire niais me donne l'impulsion.

— Arrête, tu m'énerves !

— Quoi ? Je t'ai piqué la place ? Tu rêvais d'y aller ? me questionne-t-elle innocemment.

— Ne te fous pas de moi ! je rétorque. Tu sais bien que non !

— Mais alors pourquoi tu tires cette tronche ?

— Parce que ma vie part en quenouille, et toi, tu te débines.

— Hé, là ! me recadre Nicoucou. Ta fille, majeure et vaccinée, traverse une crise couple, et ton mari t'a fait une proposition de vacances qui ne t'emballe pas : où est le drame, sérieux, Zabou ? Pardon d'être veuve ! Pardon si ma fille préfère vivre à des milliers de kilomètres de moi ! Et pardon de ne pas vouloir me laisser enterrer tout de suite ! Alors oui, je pars dix jours en Espagne, mais je peux t'assurer qu'à mon retour, tu seras encore en vacances, que le Tour de France battra son plein, que Stéphane aura rampé aux pieds de sa femme, que Louise ne lui aura pas pardonné et que Paul sera passé de la draisienne au vélo !

Je vois à sa tête que Nicoucou s'est laissé emporter par la dernière partie de sa phrase. Associer mon petit-fils au vélo, ce n'est pas ce qu'elle a dit de plus malin aujourd'hui.

— Arrête-toi ! je lui demande.

— Allez, Zabou, ne fais pas l'enfant. Je te présente mes excuses.

— Arrête-toi, je vais prendre un bus.

— Mais tu ne sais même pas lequel…

C'est vrai. Ma main crispée sur la poignée de la portière, je regarde la route toute droite qui longe le lycée Berthollet, fléchée « Toutes directions ».

— C'est bon ? Je peux redémarrer ?

Je hoche la tête. Cette matinée m'a littéralement vidée.

8

Le départ de Nicoucou

C'est moi qui emmène Nicole à l'aéroport de Genève. Elle s'est dégotté, au débotté, un vol pour Barcelone. Ensuite, elle prendra un car qui la déposera à Sitges.

— Tu n'as pas la trouille de louper ton arrêt ? je lui demande, réellement inquiète, en sortant du parking de son immeuble à Poisy. Tu ne parles pas un mot de catalan.

— J'ai toutes les infos dont j'ai besoin. Le car qui m'y emmène s'appelle Monbus. Il est juste à la sortie du terminal. Et puis un arrêt est un arrêt, et Sitges s'écrit pareil en français, en espagnol et en catalan. Et, enfin, Axel a dit qu'il m'attendrait, me confie Nicoucou, en bouclant sa ceinture.

— À ta place, je ne serais pas tranquille. Et s'il a un empêchement ? Et si tu te perds ?

Elle prend un air sérieux et me répond :

— *¿ Como se va a la academia de yoga, Passeig Marítim ?*

— Tu… ?

— Oui ! Depuis quelques jours. Je suis à fond ! s'exclame-t-elle, tout excitée. J'ai acheté *Le Petit Guide de survie en Espagne* et j'adore. Tu sais comment on dit « tongs » en espagnol ?

En m'engageant sur l'autoroute, je hausse les épaules, larguée.

— *Chanclas.*

— C'est sûr que c'était le mot à apprendre en priorité… je soupire.

— Eh bien, oui. Imagine : je termine ma demi-journée de cours de yoga, nous avons tous laissé nos chaussures à l'entrée de l'ashram, et là, je ne retrouve plus mes tongs. Qu'est-ce que je dis ? *¿ Dónde están mis chanclas ?* Où sont mes tongs ?

— Mais le cours ? Il est donné en français, non ?

— Je ne sais pas, avoue-t-elle.

— Mais, mais…

Les mots me manquent pour terminer ma phrase. Elle sourit, fière de cette aventure pleine de variables inconnues. Elle se penche et sort de son sac une paire de lunettes de soleil, qu'elle chausse.

— Qu'importe ! Et puis arrête de faire ta rabat-joie.

Je me concentre sans répondre et double un camion.

— Bon, et toi, raconte. Vous partez quand, finalement ?

— Le 14…

— Mais pourquoi ?

— C'est ce que je n'arrête pas de dire à Michel. Pourquoi partir le 14 ? Dans tous les petits bleds que nous traverserons, il y aura au mieux un seul feu d'artifice, au pire des bals populaires et des gens partout.

— Il veut guincher, rigole Nicoucou.

— Ben, moi pas. Rien que de voir ce camping-car devant notre porte, j'ai envie de hurler. Et tu sais ce qu'il veut ?

— Je suis tout ouïe…

— Il veut m'emmener sur le parking d'Auchan dimanche.

— Waouh ! fait Nicoucou. Il te gâte !

Je lui donne une claque sur la cuisse.

— Parking désert donc, je poursuis, pour que j'apprenne à piloter l'engin.

Nicoucou réfléchit.

— En même temps, il n'a pas tout à fait tort, dit-elle. Si tu dois être seule au volant dans les Pyrénées pour suivre une étape du Tour… Et ensuite, pendant qu'il roulera en solitaire, il faudra que tu te tapes la route jusque chez les culs nus de Montalivet.

Je donne un coup de frein.

— Hé, mais ça va pas ?! rouspète Nicoucou. Ce n'est pas ma fau…

— C'est limité à 30 kilomètres heure, je la coupe. Les Suisses ne rigolent pas avec ça. Je n'ai pas envie de me prendre une prune. Tiens !

— Quoi ?

— Tu n'as pas vu ? Celui qui m'a klaxonnée tout à l'heure… Il vient de se faire flasher.

C'est la bonne nouvelle de la journée : il y a une justice. Je déteste me faire klaxonner quand je conduis. Nous passons devant les douaniers, qui ne jettent même pas un œil sur ma vignette.

— Tu sais qu'on la décolle d'une voiture à l'autre ? j'avoue à ma copine.

— Non ! Michel fait ça ? J'en reviens pas… Vous êtes de dangereux hors-la-loi ! Je suis heureuse de prendre de la distance, plaisante Nicoucou.

— T'es con ! je réplique sur le même ton.

— Voilà que tu refais cette erreur : c'est « drôle », le mot que tu cherches, pas « con ».

Elle va me manquer, c'est certain.

— Tu vas me manquer, vieille bique, lui dis-je.

— Toi aussi. Promets-moi d'être sage, mais pas trop, et de tout me raconter.

— Oui, toi aussi. Et envoie-moi une carte postale.

— Promis ! jure Nicoucou. Et puis j'ai pensé à prendre mon portable. Ton fils m'a installé WhatsApp hier.

— Tu as vu Ben hier ? Ça fait deux jours que je l'appelle, mais ça sonne dans le vide.

— Oh ! Ne fais pas ta mère délaissée. Il passait dans le coin, j'étais là. Fin de l'histoire.

— Moi aussi, j'étais chez moi hier, je rouspète. Il aurait pu pousser jusqu'à Metz-Tessy.

Nous voilà maintenant devant l'aérogare, dans la file « Kiss & Fly ». Nous descendons de voiture, et je fais un petit geste de la main au conducteur derrière moi. Il sourit et me signifie qu'il n'est pas pressé. J'ouvre le coffre. Nous sortons la valise de Nicoucou et son cabas en toile de jute, avec plein de breloques qui pendouillent et que je déteste.

— Un jour, il faudra que tu t'achètes un sac d'adulte.

Elle me tire la langue, amusée.

— Je sais que tu ne l'aimes pas, mais c'est mon sac porte-bonheur.

Nous nous étreignons.

— Bon voyage !

— Merci d'avoir fait le taxi et sois prudente au retour.

— La voiture connaît la route toute seule, je lui réponds.

— Ce n'est pas une raison. Allez, *besos y adiós !*

Puis elle s'éloigne, remontant les anses du cabas sur son épaule et tirant sa valise à roulettes tandis que je remonte dans mon carrosse. C'est qu'elle a un sacré accent, en plus ! Nicoucou ne cessera jamais de m'étonner.

Je reprends donc la route en sens inverse. Comme d'habitude, je me rabats au dernier moment sur la bonne file. Je fais un blocage – je n'arrive jamais à me souvenir que c'est celle de droite. Mes enfants réagissent tous les deux différemment lorsque je raconte la sempiternelle histoire de mon retour de Genève.

— Je me suis encore trompée de voie à la sortie de l'aéroport.

En général, Louise est exaspérée et lève les yeux au ciel, tandis que mon fils indigne, qui n'a pas daigné venir m'embrasser hier, sourit.

— Que veux-tu ? Maman n'a pas le sens de l'orientation, et son cœur la portera éternellement à gauche, explique-t-il à sa sœur.

— À vingt ans, je veux bien le comprendre. À quarante, ça passe encore. Mais à plus de soixante, excuse-moi ! ronchonne généralement ma fille, lasse que son frère prenne toujours ma défense.

— Tu parles du cœur ou de la politique ?

— Laisse tomber... soupire Louise, qui est la seule à voter à droite dans notre famille.

À travers le pare-brise, j'aperçois un joli petit nuage qui s'amuse à prendre différentes formes : un dragon, une vache, une montgolfière... D'aussi loin que je me souvienne, les nuages ont toujours exercé sur moi une étrange fascination. Souvent, j'imaginais que derrière eux se cachait une soucoupe volante à l'intérieur de laquelle vivait ma vraie famille. Mon peuple extraterrestre m'avait envoyée en mission chez les humains et observée tout ce temps afin de trouver le meilleur moment pour entrer en contact. L'enfance avait passé, puis l'adolescence, et personne n'était venu me récupérer. Où avais-je failli ? Les rares fois où je m'en étais ouverte à ma sœur et à mes cousins, ils avaient hurlé de rire. Mon cousin Alex avait même dit :

— Mais Zabou, tu ressembles à tante Édith (ma mère) comme deux gouttes d'eau ! Et plus terrienne qu'elle, il n'y a pas !

L'horreur ! Rien n'est pire à douze ans que de s'entendre dire qu'on ressemble à sa mère. Je n'en ai plus jamais parlé… Ils devaient avoir raison. J'ai soixante-deux ans et je suis toujours là. Le nuage change de forme et ressemble maintenant à un dromadaire. Il prend un malin plaisir à me suivre. Ou alors est-ce l'inverse ? Je me fais la réflexion que la route n'en finit pas. J'allume l'autoradio, histoire de passer le temps, quand, quelques kilomètres plus loin, je sursaute à la lecture d'un panneau signalétique :

CHAMBÉRY, CAPITALE HISTORIQUE DE LA SAVOIE

Punaise ! Forcément qu'il est long, ce trajet : j'ai manqué la sortie d'Annecy. Cinquante kilomètres sans m'en rendre compte, à espérer qu'une soucoupe apparaisse et nous aspire, ma voiture et moi, direction ma planète natale. Je sors de l'autoroute et la reprends dans l'autre sens au moment où je reçois un SMS de Nicoucou.

Contrôles OK. Je sifflais de partout, mais je suis passée après une fouille au corps. On embarque dans quelques instants. Il y a eu l'annonce en espagnol, et j'ai tout compris. *Muchas gracias y besos.*

À ce rythme, elle aura atterri à Barcelone alors que je ne serai toujours pas rentrée à la maison. De toute façon, si c'est pour voir cet horrible camping-car devant la porte…

Je me penche un peu sur le pare-brise. Le nuage a disparu. Évidemment. Dans les enceintes de la voiture, Umberto Tozzi beugle « Ti Amo ». Je lui coupe le sifflet.

Là, tout de suite, maintenant, je n'aime personne. C'est même plutôt le contraire. J'ai besoin de réfléchir. J'ai quarante-trois kilomètres pour le faire…

Mon détour a porté ses fruits. Du moins, c'est ce que je crois jusqu'au moment où je tourne au coin de ma rue. Le camping-car n'a pas bougé. Pire : sa porte latérale est ouverte, et Paul, surveillé par sa mère, s'applique dans la montée du marchepied. Ma fille doit lui dire que j'arrive, car il se retourne et me fait coucou de la main, tandis que je vois son grand-père, mon mari donc, qui passe la tête par la porte, ravi. J'ai comme une envie de lui faire passer son sourire idiot. C'est l'instant précis que choisit Benjamin – je suis toujours en pétard contre lui – pour m'appeler. Je me gare sur la place que nous réservons à nos invités, puisque c'est là que dort ma voiture depuis l'arrivée de l'autre machin, et je décroche.

— Maman ?

— Oui, Ben. Tu as retrouvé mon numéro ?

— Quoi ?

— Rien.

— Dis, j'essaye de joindre papa, mais il ne décroche pas. Sais-tu s'il est toujours partant pour qu'on fasse rouler l'animal demain ?

— Rouler l'anim… ?

À l'instant où je comprends qu'il parle du mastodonte garé devant ma porte d'entrée, je ne sais pas ce qui me prend mais je raccroche. C'est la première fois que ça m'arrive ainsi, sans sommation, de couper le sifflet à mon fils. Michel est en train de contaminer toute la famille, et moi, je suis à deux doigts de commettre un meurtre. Je laisse le téléphone sonner. Après tout, je ne suis pas une messagère. Je me demande à quel moment j'ai laissé ma vie partir en sucette. À peine le mot a-t-il été formé que mon cerveau, dans un réflexe pavlovien honteux, visualise la sucrerie. J'ouvre la boîte à gants et en sors une Chupa Chups que je gardais pour mon petit-fils. Mère et grand-mère amère. Un bip m'annonce que j'ai reçu un SMS.

Maman, on a été coupés. Le mieux, c'est que je passe après le boulot. À tout à l'heure. Je t'embrasse.

Plus on est de fous…

* * *

Après le dîner, Petite Chérie va coucher Paul dans son ancienne chambre, puis redescend sur la pointe des pieds. Benjamin, qui m'aide à débarrasser la table, la regarde, goguenard.

— Tu ne changeras jamais ! dit-il à sa sœur, appuyée contre le chambranle de la porte.

— Plaît-il ?

— Le subterfuge… Pour ne pas mettre les couverts, les verres, les assiettes et les plats dans le lave-vaisselle. Quand on était petits, tu prétextais une envie urgente de faire pipi, ou un devoir que tu n'avais pas fini, ou encore un truc à faire signer, et tu mettais juste le temps qu'il fallait pour qu'à ton retour tout soit terminé. Comme par miracle.

— Tu voulais aller coucher ton neveu ? s'agace Petite Chérie. Parce que, tu vois, son père lui manque, alors il aurait sans doute aimé qu'une voix d'homme lui raconte son histoire du soir.

— Tu ne me l'as pas proposé, mais ça ne m'aurait pas déplu, réplique Ben qui ne semble pas vouloir lâcher l'affaire.

Je les écoute se chamailler et plonge avec une certaine délectation dans le grand bain de la nostalgie. Michel revient dans la cuisine pour choisir une pomme, qu'il mangera, comme toujours, devant la télé.

— Vous n'avez pas passé l'âge de vous disputer ? déplore-t-il pour la forme.

En s'aidant du pied, Benjamin fait remonter la porte du lave-vaisselle, ce qui a toujours prodigieusement exaspéré mon mari.

— Utilise tes mains, Benjamin, bon sang !

C'est alors, dans cette folle ambiance, que je lance :

— Asseyons-nous quelques minutes autour de la table. Je dois vous parler.

Mon ton, que je voulais neutre, n'a pas dû l'être, car ils se regardent tous les trois avant d'obtempérer, visiblement inquiets.

— Maman, tu es malade ? demande soudain Ben avec émotion.

Je secoue la tête, prends une grande inspiration et débite ma tirade.

— Depuis mon anniversaire, je me sens comme une étrangère dans ma propre famille. Vous m'avez offert des cadeaux pour le moins originaux…

— Punaise, Louise ! Je le savais, que ce n'était pas une bonne idée ! s'exclame Benjamin.

— C'est sûr que tu as bien cherché de ton côté, monsieur « Je fais un sourire et on me pardonne tout »…

— Le mien, c'était quand même un bijou, place Michel, penaud, tentant de sauver sa peau.

— Originaux donc, je reprends. Et je me demandais tout bêtement si vous me voyiez encore comme une vraie personne ou simplement comme quelqu'un qui est là quand on en a besoin…

Pas de réponse, têtes baissées. J'ai toute leur attention, je poursuis :

— Moi, j'ai été présente pour vous à chaque événement : promotions professionnelles, conseils de classe, sur les gradins pour vous applaudir lors de vos compétitions sportives, à votre chevet quand vous étiez malades, derrière le volant à poireauter en attendant que vous sortiez de soirée… À présent, sauf drame, je dois me contenter d'en entendre parler. Je vous ai élevés – pardon, Michel, mais j'ai assuré 95 % de la mission – comme des êtres libres et indépendants, et j'en tire une énorme fierté. Pourtant, aujourd'hui, je doute que vous me connaissiez vraiment. C'est pourquoi j'ai pensé à un petit jeu : dites-moi dix choses que vous savez sur moi. Dix petites choses…

À côté de moi, Benjamin transpire. Il a toujours détesté les interros surprises. Louise entortille une mèche de cheveux autour de son index. Quant à Michel, il ouvre et ferme la bouche avant de demander :

— Cela ne concerne que les enfants ou moi aussi ?

Je penche un peu la tête, caresse sa main et souffle :

— Toi aussi, mon amour, toi aussi.

Ce n'était pas la réponse qu'il escomptait.

— On a combien de temps ? demande Ben.

— Je crois que Paul pleure, tente Louise en se levant.

Elle quitte la cuisine, s'apprête à monter, revient sur ses pas et ajoute :

— Je vais répondre à ton questionnaire mais, franchement, avec ce que je traverse en ce moment…

Sur ces entrefaites, le téléphone professionnel de Ben se met à sonner.

— Sauvé par le gong ! j'ironise tandis qu'il m'embrasse, quelque peu déconcerté.

— On voit pour demain, dit-il à son père, qui semble avoir reçu un coup de massue et reste tassé sur sa chaise.

C'est ainsi que s'achève cette magnifique soirée.

9

Besoin d'air

Ma décision est prise. Je vais fuguer. Personne ne le sait et, pour tout vous dire, il y a encore quelques minutes, je ne le savais pas moi-même. Michel et moi avons pris l'autoroute des vacances depuis cinq jours. Enfin, plutôt que « l'autoroute », je devrais dire « les départementales », tant l'Atlantique est encore loin. Michel souhaite plus que jamais faire l'ascension du Tourmalet en partant de Tarbes, comme les coureurs du Tour de France l'année dernière. Une étape courte : juste cent dix-sept kilomètres.

— Mais de toute beauté ! pérore-t-il en me récitant les particularités de celle-ci tandis que je l'écoute d'une oreille distraite en buvant mon thé.

Franchement, quitter les Alpes pour se retrouver au pied des Pyrénées, comment lui dire que cela m'enquiquine plus qu'autre chose ?

— Après le Soulor, classé en première catégorie, poursuit-il, la route descend vers Argelès-Gazost et attaque le Tourmalet par son versant ouest, du côté de Barèges. Tiens, regarde.

Michel étale la carte Michelin sur la table pliante du petit déjeuner, entre les bols, les confitures et les miettes de pain. Nous nous sommes arrêtés la nuit dernière sur l'aire spéciale recommandée par le guide des camping-caristes de France. Notée 4,1 étoiles sur 5, pas si mal. Il continue :

— La montée finale, longue de dix-neuf kilomètres, présente une pente moyenne à 7,4 %. À trois kilomètres de l'arrivée, la pente se redresse à 10,9 %, puis il y a un passage moins raide à 7,2 % et un final très dur à 9,8 %.

— Tu as retenu tous les chiffres ? je ne peux m'empêcher de demander, non par intérêt mais parce qu'il se souvient mieux de ce qui se rapporte à cette satanée ascension que de ce qui a trait à ma propre personne.

En même temps, je me trouve ridicule de jalouser un vélo de course. Fichues hormones !

— C'est mythique, Zabou. Mythique ! Jamais je n'ai imaginé qu'un jour, j'aurais ce col sous mes pneus et que je serais si heureux de me faire saigner les mollets.

— Hum… fais-je, la tête dans mon bol.

Mais il est lancé.

— Il s'agit du col le plus souvent franchi dans l'histoire du Tour. Il a été escaladé pour la première fois en 1910…

— Tu as fini ?

— Quoi ?

— De manger. Tu as terminé ?

— Heu… oui, oui, répond-il en avalant la dernière bouchée de sa tartine beurrée.

Je prends la bassine appuyée contre l'un des pieds de la table de camping et j'entrepose tout à l'intérieur. Michel prend une grande inspiration.

— Je te remercie de contribuer à la réalisation de ce rêve. Je te promets qu'après-demain on ne s'arrête plus jusqu'à Montalivet. L'océan nous appelle, je l'entends.

— Tu as toujours eu une meilleure ouïe que moi, je conclus en soulevant la bassine. Je vais aller faire la vaisselle. Je crois que tu devrais vidanger les eaux grises.

Je lui jette un regard. Il est soufflé.

— Tu te souviens du nom ?

Je hoche la tête.

— Tu sais bien que je déteste faire les choses à moitié. Ou peut-être l'as-tu oublié, rapport à cette liste que tes enfants et toi deviez établir… dis-je, décochant ma flèche.

Je n'ai pas pu m'en empêcher.

— Zabou, je te jure que nous n'avons pas oublié ! Ni eux ni moi. Mais nous ne voulons pas te décevoir.

Cinq jours que Benjamin n'a fait que m'envoyer des SMS d'une platitude affligeante. Le SMS, on ne va pas se mentir, ça veut dire « je préfère ne pas te parler ». Tellement pratique.

Cinq jours que nous avons laissé les clefs à Louise et à Paul, puisqu'ils sont toujours chez nous. J'ai demandé à Petite Chérie qu'elle nourrisse les plantes et arrose le chat, avant de remettre la phrase dans le bon ordre. Paul, qui trouvait la première version plus rigolote – on peut le comprendre –, est allé chercher son pistolet à eau et a essayé d'asperger Myrtille, notre pauvre minette. Sa mère l'a grondé.

— Mais mamie a dit… a-t-il tenté de se défendre en reniflant.

— Mamie s'est trompée. Elle est fatiguée et va pouvoir se reposer en vacances. Nous, on garde la maison. Tu tiens les clefs ?

« Fier comme un bar-tabac », comme disait mon grand-père, il les a mises dans sa poche et a délaissé l'arme en plastique, sous le regard réprobateur de Myrtille.

Depuis, un jour sur deux, pour se mettre en jambes, Michel fait « l'étape » à vélo, et moi, je me mets au volant de Gigantosaurus – c'est le nom que j'ai donné au camping-car. Je suis plutôt douée et je dois reconnaître que ce n'est pas désagréable à conduire. Je domine la route et la plupart des véhicules que je croise. Bref, je suis la reine du bitume. Grâce à ce moyen de transport, on peut s'arrêter en chemin, faire pipi dans de « presque » vraies toilettes au milieu de « presque » nulle part, se réchauffer un truc sur la gazinière, faire une sieste dans les petits chemins de bord de route. Il n'y a qu'en ville que je me refuse à tenir le volant. J'ai peur d'accrocher un rétro. Je ne maîtrise pas très bien les proportions de Gigantosaurus. Ça mis à part, franchement, ce n'est pas si mal, sauf que ce ne sont pas les vacances dont je rêvais. J'ai donc décidé que demain, j'allais mettre mon plan à exécution et tout planter là. À défaut de savoir ce que je veux, je sais ce que je ne veux pas. C'est déjà ça. Demain, j'enfilerai ma robe à pois pour encourager mon grimpeur de mari et endormir ses doutes, s'il en a, ce qui m'étonnerait. Je le regarderai partir, m'étant assurée qu'il ait à boire, à manger, son téléphone, ses cartes d'identité et bancaire dans son cycliste, puis je prendrai la tangente. Je ne sais pas pour où et pas vraiment pourquoi… Je n'ai jamais fugué de ma vie. Mes revendications ne sont pas encore très claires. J'ai juste besoin de me retrouver.

* * *

Couchés tôt. Levés tôt. Michel fait bouillir l'eau qu'il vient de saler. À portée de sa main droite, un paquet de coquillettes. Il mange des sucres lents depuis vingt-quatre heures.

— J'ai réservé une table pour demain soir au Viscos. C'est un restaurant gastronomique qui sera sur notre chemin, ajoute-t-il en versant les pâtes dans la casserole.

Dans le placard qui nous sert de salle de bains, je m'apprête.

— Tu ne veux pas de café ?

— Non, surtout pas, sinon je vais m'arrêter pour uriner toutes les demi-heures et faire baisser ma moyenne kilométrique.

Que répondre à ça ? Il se prend pour Richard Virenque. OK, mes références sont un peu datées, mais tout le monde voit de qui je parle… Je laisse passer une minute, puis demande :

— Tu as tout ce qu'il te faut ? Eau, barres énergétiques ?

— Oui, oui.

— Cette fois, prends tes papiers ! Et une carte bleue. Tu n'es pas chronométré, et ce ne sont pas deux bouts de plastique qui vont t'alourdir.

— Je ne les ai oubliés qu'une fois, ronchonne-t-il.

— Oui, mais je me suis fait un sang d'encre. Et prends aussi ton téléphone.

Je sors en faisant coulisser latéralement la porte.

— Tu veux bien m'aider avec la fermeture Éclair ?

— Waouh ! s'exclame-t-il.

— En hommage à ta grande ascension, mon chéri.

Je tourne sur moi-même dans ma robe à pois.

— Je te plais ?

— Tu es la plus époustouflante des supportrices !

— Tant mieux. D'ailleurs, c'est toi qui m'as offert cette robe.

— Ah bon ?

Je le vois se creuser la tête.

— Pas en personne, mais je l'ai achetée avec ta carte. Celle que tu ne vas pas oublier de prendre.

— Ah, dit-il. Ma foi, j'ai bien fait. Elle te va très bien. J'ai droit à un baiser ?

Je me détache de lui. Ce n'est pas maintenant que je dois flancher. Ma décision est irrévocable.

— J'ai toujours entendu dire qu'il ne fallait pas tenter des rapprochements avant une épreuve sportive.

— Juste un…

Je tends les lèvres, et il y dépose un chaste baiser. En réalité, je crois que j'aurais aimé qu'il ne s'en satisfasse pas. Qu'il m'attire sur le lit aux draps encore défaits. Que son envie de moi annihile ma volonté de fuguer. Il fait tout retomber. Comme un soufflé.

— Tu as raison. Il faut que je reste concentré, se résigne-t-il assez (trop) vite, coupant ainsi court à une suite fantasmée.

Je ne sais pas comment nous en sommes arrivés là, lui et moi. Mais une chose est certaine : nous y sommes. Je le regarde terminer son assiette, enfiler sa tenue, mettre sur ses épaules son sac à dos ultraléger et enfourcher son vélo. Au moins, lui a l'air d'être heureux.

— Sois prudent ! je lance, et je le pense, c'est vrai, de toutes mes forces.

— Je me sens en super forme. Je sais que je vais croiser des forcenés comme moi. On le gravira à plusieurs, ce maudit sommet, comme une équipe professionnelle. Je vais tout donner. À ce soir, ma chérie.

Je ne réponds rien, me contentant d'agiter le bras jusqu'à ce qu'il disparaisse dans le virage. Après quelques minutes sur le seuil de Gigantosaurus, je m'installe dans la cabine. Je farfouille dans la boîte à gants, en ressors la carte de France, ferme les yeux, la fais tourner plusieurs fois sur elle-même et laisse un index innocent décider de mon sort. J'ouvre un œil curieux, puis le second, plus circonspect, en faisant le point.

Toulouse.
La Ville rose.
Qu'est-ce que je vais bien pouvoir aller foutre à Toulouse ?

10

C'était impensable, alors je l'ai fait

Finalement, Toulouse, c'est mieux que Lille. Enfin, je veux dire par là que c'est plus près. Traverser toute la France à bord de Gigantosaurus, je ne m'en serais sans doute pas sentie capable. Là, c'est cent soixante kilomètres d'autoroute. Une promenade de santé, quasi. Et puis j'ai fait appel au destin, alors je ne vais pas me dégonfler maintenant. Je mets la clef dans le contact. Tourne. Le moteur se réveille. J'ai des emplettes à faire. Je quitte le campement sans un regard en arrière. L'avenir est devant moi. Une vraie Gipsy.

Alors que j'approche de Toulouse – cinquante kilomètres, puis quarante, puis trente, annoncent les panneaux signalétiques – et que je n'ai pas trouvé de remède à ma hantise des grandes villes au volant de ce monstre roulant, j'avise une bretelle de sortie indiquant « Aéroport Toulouse-Blagnac ». Et là, c'est comme une évidence.

Je vais me garer sur le parking de l'aéroport et j'aviserai. Un train ou une navette me conduira forcément dans la Ville rose. Je me parquerai en surface, s'il le faut loin de l'entrée, pour avoir tout le loisir de manœuvrer tranquillement. Stress réduit au minimum. Je suis soulagée d'avoir pensé à cette solution limpide, et c'est donc le cœur léger que je traverse des quartiers comme La Reynerie, La Cépière, Purpan, prenant bien soin de toujours laisser la Garonne à ma droite. Manquerait plus que j'aie un accident au milieu d'un pont.w

Il est presque onze heures quand j'entre dans Blagnac. J'apprends – merci, les panneaux – que la ville détient trois étoiles au palmarès des villes fleuries – une fleur de moins qu'Annecy, je ne peux m'empêcher de noter, un brin chauvine – et qu'elle est jumelée avec Buxtehude en Allemagne. Franchement, je n'ai aucune idée de l'endroit où se trouve ce bled teuton. Concentrée à l'extrême, Blagnac est une petite ville, mais une ville quand même. Je continue à rouler lentement et bifurque aussi sec quand je vois indiqué « Centre commercial ». C'est l'endroit qu'il me faut. Facile pour se garer sans accroc et je devrais tout avoir sous la main. Le parking est plein à l'abord des entrées mais quasi vide dès qu'on s'en éloigne. Me voilà dans la place, au propre comme au figuré.

Je passe dans la « pièce de vie » et m'installe à la table après avoir sorti d'un tiroir un calepin et un stylo. Je m'encourage à réfléchir. Une fugue réussie et efficace demande un minimum de préparation. J'ai, d'abord et avant tout, besoin de cash. Je n'ai pas l'intention de disparaître *ad vitam*, mais je n'ai aucune envie que Michel puisse tracer mes retraits d'argent et, du coup, avoir une idée de l'endroit où je me trouve. Ensuite, il faut que je me procure une carte SIM prépayée, car dès que je serai sur le parking de l'aéroport, l'aventure commencera pour moi. Je prends conscience, en écrivant cela sur le carnet, que si je décidais de faire un casse, je ne m'y prendrais pas autrement. Enfin, je dois acheter une valise car, évidemment, nos vêtements sont allés directement des placards de la maison aux rangements intégrés du camping-car. Je consulte mon téléphone. Il est onze heures douze. J'ai largement le temps.

— Attends-moi là, Gigantosaurus… dis-je en sautant au bas du mastodonte.

À quelques pas de là, une femme, Caddy débordant, me regarde avec un petit sourire. Je baisse la tête, un peu niaise d'avoir parlé tout haut à un véhicule, quand elle me lance :

— Chapeau ! Je ne sais pas comment vous faites pour conduire cet engin, mais chapeau !

— Oh, vous savez, il est très maniable. Il ne faut pas se fier à sa taille.

J'hallucine ! Je suis en train de faire les louanges du camping-car à une inconnue. Il est vraiment temps que je prenne le large. Je la quitte d'un petit signe de tête et pénètre dans la galerie marchande. Un coup d'œil au plan. La liste des enseignes m'indique que je devrais trouver une boutique de téléphonie, une agence bancaire et *L'Escarcelle*. J'espère que son nom ne ment pas et qu'il s'agit bien d'une boutique proposant sacs et valises. Je suis en terre inconnue et j'arpente l'allée centrale avec la curiosité de l'exploratrice, bercée par le son des accents chantants du Sud.

Je tombe d'abord sur la boutique Orange. J'entre et je choisis une « Mobicarte Vacances » – quelle ironie quand on y pense – à quinze euros. Deux heures d'appels, SMS illimités et visiblement 100 Mo d'Internet mobile. Avant de payer, en liquide, je m'assure auprès du vendeur que le téléphone sera utilisable immédiatement après l'insertion de la carte, ce qu'il me confirme. Parfait. Il me précise aussi de bien *checker* les numéros ou notes que je souhaite conserver, au risque de les perdre définitivement. Heureusement qu'il en a parlé. Je n'entends pas grand-chose à la téléphonie. C'est Ben qui s'occupait jusqu'à présent de mes changements d'appareil.

— Vous verrez, votre gosse sera ravi, et vous aussi ! Avec la Mobi, pas de surprise pour les parents ! me dit le vendeur en me tenant la porte.

Pour les… ? Évidemment. Qui penserait qu'une sexa fait une fugue ? Si j'étais une hors-la-loi, il viendrait de m'offrir un alibi. Je le remercie encore et reprends ma quête.

Non loin, à dix enseignes de là, je trouve l'agence qui va garantir ma quiétude financière. Sur l'automate situé à l'extérieur, je consulte le solde de mon compte personnel : trois mille cent trente-six euros et vingt-deux centimes. De mémoire, mes retraits sont plafonnés à deux mille euros par semaine. J'ai aussi, dans mon sac à main, la carte de notre compte joint, à Michel et à moi, mais je décide de ne pas y toucher. Je me paye ma fugue, cela m'apparaît plus classieux. Un peu comme quand on voit un psy : le paiement est supposé faire partie du processus de guérison. Du coup, j'entre et je m'approche du guichet, où une jeune femme semble s'ennuyer à cent sous de l'heure. Est-ce qu'on dit « cent cents de l'heure », maintenant ? Je lui explique que j'ai une requête un peu particulière et demande à parler au directeur, qui s'avère être une directrice. La jeune femme déverrouille la porte automatique, et je patiente quelques minutes dans une sorte de salon d'accueil. Puis la directrice arrive, sourire étincelant, main droite tendue. Que je serre.

— Madame ?

— Le Bihan. Isabelle Le Bihan.

— Que puis-je pour vous ?

— J'ai besoin de solder mon compte.

D'un geste, elle m'indique son bureau et me précède.

— Asseyez-vous, m'invite-t-elle.

Je lui présente mes papiers et réponds à toutes ses questions, puis elle valide ma demande. J'imagine que ce n'est pas pour mes beaux yeux. Le retrait du solde de mon compte ne va pas mettre en péril l'agence. Je quitte la banque environ vingt minutes plus tard, plus lourde de trois mille cent trente euros. J'ai lâchement laissé sur le compte six euros et vingt-deux centimes, j'ignore pourquoi. Enfin si : je n'aime pas fermer les portes définitivement, ce doit être ça.

Je regarde l'écran de mon téléphone. Pendant que je vidais mon compte, j'ai reçu un appel. Michel ? Louise ? Benjamin ? Non, c'est Nicoucou. Pas de message. Crotte de crotte. S'il y a bien quelqu'un à qui j'ai envie de parler, c'est elle. Je m'apprête à composer son numéro quand j'avise *L'Escarcelle*. Bingo ! Valises à roulettes, sacs de voyage, bananes ventrales et autres articles de maroquinerie remplissent la vitrine. La vendeuse est bavarde et amoureuse de ses produits, qu'elle me détaille par le menu. Mais je tiens bon et n'achète qu'une valise cabine anthracite – il paraît qu'on dit « trolley » – à quatre roues multidirectionnelles de la marque Delsey. Je suis certaine que Nicoucou aurait choisi la rouge, elle.

— Le TOP du TOP ! s'extasie la vendeuse. Je vous l'emballe ?

— Non, c'est pour l'utiliser tout de suite.

La phrase m'a échappé. La vendeuse me regarde bizarrement, mais je sors cent dix euros en liquide, dont elle s'empare.

— Cent dix euros et cinq en retour ! fait-elle, comme moi quand je joue à la marchande avec mon petit-fils.

— Merci, je réponds en rangeant la monnaie.

— La garantie est à l'intérieur, ajoute-t-elle.

— Parfait. Au revoir.

— Au revoir et bon voyage…

Je regarde à nouveau mon téléphone. Quand elle ne parvient pas à me joindre en direct, Nicoucou a pour habitude de m'envoyer un SMS. Extra, l'Espagne ne l'a pas changée !

J'espère que tu as survécu au 14 juillet ! J'ai bien pensé à toi. Sept jours que je suis à Sitges et un truc de dingue me tombe dessus, il faut ABSOLUMENT que je te raconte. En attendant, le cours d'hatha débute dans cinq minutes, et je dois planquer mes *chanclas* au cas où on me les piquerait ! *Besos*

Si j'avais encore besoin d'un signe… C'est presque en courant que je retourne sur le parking. La valise vide vole littéralement derrière moi. Fidèle Gigantosaurus m'attend. Je fouille fébrilement dans mon sac, en sors la clef, déverrouille la portière, grimpe à bord, attache ma ceinture, mets le contact et quitte cette bonne ville fleurie – mais moins qu'Annecy. Direction l'aéroport. J'ai décidé de prendre un aller simple pour Barcelone. Sans doute la chose la plus folle que j'aie faite depuis ces vingt dernières années !

Parking de l'aéroport. Gigantosaurus et moi faisons un sans-faute, aujourd'hui. Je coupe le moteur et passe à l'arrière. La valise ouverte sur le lit se remplit de vêtements, sous-vêtements et d'une paire de Birkenstock, chaussures ô combien confortables mais d'une laideur sans nom, il faut bien le reconnaître. J'attrape ma trousse de toilette. Est-ce que j'oublie quelque chose ? A priori, non. Le tour est vite fait dans quelques mètres carrés. Il ne me reste plus qu'à m'occuper de mon téléphone. Je note sur le bloc le numéro de Nicoucou et c'est tout. Mais avant d'enlever la carte SIM et de la remplacer par la prépayée, j'envoie un SMS à Michel :

Ne me cherche pas en haut du Tourmalet, je n'y suis pas. J'ai besoin d'être seule. Quand tu liras ce message, j'aurai retiré la carte SIM de mon téléphone et serai injoignable. Gigantosaurus est à l'aéroport de Blagnac, parking P6. J'ai payé pour deux jours. Je cache la clef sur le pneu avant droit. Je ne te demande pas de me comprendre, juste de respecter ma décision. Je t'embrasse.

Je me relis cinq fois, corrigeant çà et là quelques formules que je trouve trop sèches. Le coup de la clef, j'y ai pensé subitement. Sans doute le souvenir d'une série télévisée ou d'un film. J'appuie sur « envoyer ». Puis j'ouvre la coque et ôte la carte SIM, que je glisse dans l'une des nombreuses pochettes de mon sac à main. Je déclipse celle achetée plus tôt et j'attends. Mon téléphone s'éclaire à nouveau. J'entre mon code PIN, puis enregistre le numéro de Nicoucou dans mon répertoire. J'attrape ma valise, mon sac à main, la clef de Gigantosaurus, et j'ouvre la porte latérale avant de la verrouiller. Comme indiqué à Michel et après avoir vérifié que personne ne m'observe, je dépose la clef sur la gomme noire et m'éloigne du véhicule. Une navette peut m'emmener en quatre minutes au terminal, mais je préfère y aller en marchant. Je tremble. De peur ? D'excitation ? Je l'ignore mais j'avance. Un pied devant l'autre et le ventre noué.

J'achète un aller simple à une compagnie aérienne espagnole. Je dois maintenant attendre quatre heures avant que l'avion décolle, mais qu'importe. Carte d'embarquement et pièce d'identité dans une main, je passe les contrôles et traîne dans les boutiques *duty free*. C'est la première fois depuis des années que je voyage seule, et je ne parle pas un mot d'espagnol à part *chanclas,* que Nicoucou m'a fourré dans le crâne. Je trouve un guide de conversation français-espagnol au point Presse. Je l'achète ainsi qu'une barre chocolatée et une eau pétillante. Comment s'appelle la navette qui relie l'aéroport de Barcelone à Sitges, déjà ? Moncar ? Et on dit comment « un ticket pour Sitges » ? Et les chiffres ? Je ne vais rien comprendre… Je commence à paniquer, doutant de ma « bonne idée » quand j'entends :

— Les passagers du vol 7421 à destination de Barcelone sont attendus à la porte A17. *Se esperan los pasajeros en el vuelo 7421 a Barcelona en la puerta A17.*

Plus le temps de tergiverser ou de reculer. Durant la demi-heure qui suit, je me laisse porter par les consignes : introduire ma valise dans le support en métal qui prouve que le bagage à main ne dépasse pas les dimensions réglementaires. Montrer ma pièce d'identité. Scanner ma carte d'embarquement. Avancer. Patienter. Attendre qu'une hôtesse détache le cordon. Avancer encore. Me voilà enfin dans la carlingue.

Alors que le steward place ma valise dans le compartiment au-dessus de moi, je m'installe sur mon siège, près du hublot. Et, tandis qu'obéissante, je boucle ma ceinture, une phrase prend vie dans ma tête : « C'était impensable, alors je l'ai fait. »

11

Tapas y mojitos

Mon voisin, la trentaine triomphante, semble être un homme d'affaires… affairé. Dès que le signal lumineux s'éteint, annonçant que l'on peut presque reprendre une activité normale, il sort un ordinateur portable d'une mallette déposée à ses pieds, abaisse la tablette devant lui et commence à ouvrir une dizaine de fichiers présentant des tableaux complexes remplis de données chiffrées. J'ai depuis toujours une sainte horreur des chiffres.

Je meurs d'envie de faire pipi. Si je le dérange pour aller aux toilettes, il va me fusiller sur place. Que n'ai-je eu comme voisins des amoureux en lune de miel, des vacanciers en bermuda ou même un gosse braillard ? Nous en avons pourtant un sur le vol 7421. Il est en train de vriller les tympans des passagers des rangs 13 à 26. Mon voisin soupire, exaspéré, et rabat son écran d'une main tandis qu'il se presse l'arête du nez de l'autre.

— Je vais profiter de votre pause pour vous déranger… je lui glisse à voix basse.

Il ne bouge pas d'un millimètre. Merde ! Si ça se trouve, il ne pipe pas un mot de français. Je me racle la gorge. Je vais essayer du bilingue anglo-espagnol.

— *Sorry… Perdón…* je dis plus fort dans un même souffle.

Et j'indique du doigt les toilettes.

— Je vous en prie.

Son français est parfait. Quelle andouille je fais ! Il suffisait juste que je parle plus fort. Nicoucou aurait éclaté de rire si nous avions voyagé côte à côte. Son ordinateur sous un bras, mon « charmant » voisin relève sa tablette, déboucle sa ceinture et se lève dans l'allée centrale au moment où les hôtesses arrivent pour prendre d'éventuelles commandes. Je m'éclipse avec un sourire confus et disparais dans les sanitaires. La même taille que les W.-C. de Gigantosaurus. J'ai eu six jours pour m'habituer, les genoux collés contre la porte. Le rêve. Lorsque je reviens à ma place, mon voisin a deux petites bouteilles de vin devant lui. J'ajoute mentalement « porté sur la boisson » à ma description. Je m'excuse une nouvelle fois du dérangement, me rassois, puis décide de coller mon visage contre le hublot et de ne plus l'en déscotcher.

— Blanc ou rouge ? Je ne savais pas ce que vous préfériez, alors j'ai pris une bouteille de chaque.

Le doute n'est pas permis, il s'adresse à moi.

— Rien. Merci.

— Vous ne pouvez pas me laisser tout seul avec deux bouteilles. On va me prendre pour un alcoolique. Allez, choisissez votre couleur… insiste-t-il avec des yeux suppliants.

Je réfléchis quelques secondes. Après tout, une petite gorgée de blanc ne me déplairait pas, soyons honnêtes. En même temps, je n'ai presque rien mangé.

— J'ai aussi acheté des cacahuètes, ajoute-t-il comme s'il lisait dans mes pensées.

Alors s'il y a des cacahuètes… Je me laisse tenter.

— Bon, d'accord. Blanc de préférence. Merci.

— À la bonne heure ! s'exclame-t-il, sincèrement heureux. Nicolas Pujol.

Il me tend une main.

— Isabelle Le Bihan, je réponds en la lui serrant.

Une minute passe sans qu'une parole ne soit prononcée.

— Vous ne deviez pas travailler ?

— Si, mais j'oublie toujours que, sur le vol de dix-sept heures et pendant les vacances d'été, l'avion n'est que bruits démultipliés.

— Un habitué ?

— Je vis entre Toulouse et Barcelone. J'ai deux sociétés immobilières. Cet avion, c'est le *no man's land* de ma vie, en quelque sorte.

— Les affaires prospèrent.

— Vous pouvez le dire. Mes clients en Catalogne sont majoritairement belges. C'est votre cas ?

— Pas du tout, pourquoi ?

— Votre accent…

Voilà qu'il me trouve un accent ! Déjà que je ne suis pas fan des accents, mais l'accent belge en plus…

— Non, j'habite en Haute-Savoie, je rectifie. Si j'ai une pointe d'accent, il est plutôt suisse.

Son rire est franc, et ses dents éclatantes.

— Vous êtes vexée ?

— Pas du tout, je réponds trop vite.

— Je pose toujours beaucoup de questions. Déformation professionnelle probablement.

— Aucun problème, je le rassure avant d'avaler une gorgée pour enterrer la hache de guerre. Finalement, il n'est pas si mauvais, ce vin… Je vous avoue que j'avais un gros doute.

— J'ai affaire à une connaisseuse ?

— Non, non ! Loin de moi ce qualificatif mais… Enfin, bref, je suis agréablement surprise.

— Vous m'en voyez ravi.

À son tour de boire une gorgée.

— Vous voyagez seule ?

Je rêve ou il me drague ?

— Exceptionnellement.

Je laisse passer quelques secondes et enchaîne :

— Je vais rejoindre une amie à Sitges.

— Ah, Sitges ! L'église Santa Tecla. Ses fêtes populaires. Son port. Sa plage naturiste…

Devant mon air ahuri, il arrête son énumération.

— Je vous ai choquée ?

Je balaye sa question d'un revers de la main. Il me prend pour une prude, l'horreur !

— Il me faut plus qu'une plage naturiste pour me choquer.

— Vous connaissez la ville ?

— Pas du tout. C'est ma toute première fois.

Misère. On dirait une ado attardée. Ma toute première fois…

— Moi, j'y ai passé mon enfance. Mon *abuela*, ma grand-mère, y avait une grande maison. Je suis en train de la retaper.

Sentant que sa phrase pourrait prêter à confusion, il s'empresse d'ajouter :

— La maison. Pas ma grand-mère. Elle va très bien et vit dans son appartement à Barcelone. C'est avec elle que j'ai rendez-vous ce soir.

Je suis certaine que si son *abuela* lui demandait de répondre à un questionnaire sur elle en dix étapes, il saurait, lui. Je lui souris, et il conclut :

— Alors bienvenue dans mon pays natal, Isabelle ! J'espère que les Catalans sauront vous accueillir comme il se doit.

Je lève mon gobelet en plastique, lui le sien, et nous les entrechoquons dans un *plong* ridicule.

— Nicolas ?

— Oui…

— C'est compliqué pour aller à Sitges depuis l'aéroport ? Je veux dire quand on ne parle pas un mot d'espagnol, et encore moins de catalan. Mon amie m'a parlé de la compagnie Moncar, qui devrait m'y emmener, mais…

— Monbus.

— Pardon ?

— C'est Monbus, le nom de la compagnie, et c'est très simple. Je vais vous expliquer.

Quand le pilote amorce la descente, je suis soulagée.

Galamment, Nicolas récupère ma valise et marche à mes côtés dans le terminal. Pour la première fois de ma vie, je foule le sol de l'aéroport de Barcelone. Le carrelage d'un noir brillant donne l'impression d'être un puits sans fond dans lequel on pourrait tomber.

— Ne regardez pas par terre. Ce revêtement trouble toujours les gens, m'assure Nicolas en souriant.

Nous marchons en silence, faisant rouler nos valises. Nous passons les portes derrière lesquelles les proches attendent les voyageurs.

— Mon chauffeur est là, dit-il en m'indiquant un homme tenant une pancarte avec son nom inscrit dessus. Je suis désolé de ne pas pouvoir vous accompagner à Sitges, mais je dois passer à l'agence avant de dîner chez ma grand-mère.

— Ne vous excusez pas ! Tout devrait bien se passer grâce à vos explications. Merci pour le verre.

— C'était un plaisir. Bonnes vacances !

— Merci.

Nous nous séparons. Je me dirige vers la sortie « gare routière » quand j'entends :

— Isabelle ! Isabelle !

Je me retourne. Il me rattrape à grandes enjambées.

— Je vous donne ma carte. Au dos, j'ai noté en catalan pour le chauffeur : « un aller simple pour Sitges ».

Tendez-la-lui, vous n'aurez qu'à ajouter « *Gracias* », à payer, et ce sera plié.

Je tourne et retourne sa carte entre mes mains, puis claque un baiser sonore sur sa joue.

— *Gracias,* Nicolas.

Il s'éloigne, et je sors à mon tour à l'air libre. La chaleur, déjà bien présente à Toulouse, est écrasante ici. Le panneau d'affichage m'indique qu'un car devrait arriver dans une quinzaine de minutes. Parfait. Je farfouille dans mon sac, attrape mon téléphone et appelle le seul numéro que j'ai enregistré dans mon répertoire. Elle décroche à la deuxième sonnerie.

— *¡ Hola ! ¿ Qué tal ?* me répond une voix guillerette.

— Nicoucou, c'est Zabou.

— Zabou ?! Mais c'est quoi, ce numéro ?

— C'est mon nouveau numéro secret.

— Ton quoi ?!

Autour d'elle, il y a un brouhaha de tous les diables.

— Mon nouveau numéro.

— Attends deux secondes, j'essaye de trouver un endroit plus calme. On est en train de boire un verre. La première semaine de cours se termine déjà.

Je ne l'interromps pas, le temps qu'elle s'isole.

— Tu es là ?

— Oui.

— Voilà. Tu m'entends mieux ?

— Nettement.

— Tu as eu mon message ? C'est pour ça que tu appelles ! Avoue, curieuse que tu es…

— Pas seulement. En fait, je viens d'atterrir à Barcelone, et Monbus ne devrait pas tarder à arriver. Tu viendrais me chercher à l'arrêt ?

— ...

— Nicoucou ?

— ...

— Nicoucou, tu es là ?

— Ben, ça alors ! Tu m'as coupé la chique. Tu es à Barcelone pour de vrai ?

— Rien de plus vrai.

— Et Michel ?

— Je te raconterai... Tu seras là ?

— Oui, bien sûr !

J'ai envie de pleurer. C'est irrépressible.

— Zabou ? s'affole la voix de mon amie.

— Je pensais que c'était une bonne idée... je sanglote à présent.

— Tout va bien se passer. Monte dans ce bus, et on se retrouve dans trente minutes. Hé ! Zabou ?

— Oui...

— Tu as emporté des *chanclas* ?

Et elle éclate de rire. Je renifle. Bon sang ! Ce qu'elle m'a manqué, cette vieille bique !

* * *

— Maintenant, raconte...

Il est vingt-trois heures quarante-cinq, et nous ne sommes plus que Nicoucou, ma valise et moi au

Café Montroig. Nous et plein d'autres gens, bien sûr. Je m'immerge déjà dans le rythme espagnol. Axel, qui a absolument tenu à m'accueillir, m'embrasser et me présenter à ses élèves, est parti il y a une bonne heure déjà. Je ne sais pas ce que Nicoucou leur a dit, mais ils ont tous été d'une prévenance incroyable. Pour un peu, on aurait pu penser que j'étais mourante. Zabou par-ci, Zabou par-là… Bref, nous avons bu un coup, puis un autre. Les départs se sont progressivement enchaînés :

— C'est à sept heures, le cours, demain ? Ouh là là !

— Si je ne réussis pas l'*adho mukha svanâsana*, Axel va dire que c'est parce que je me suis lâché sur les tapas ce soir, plaisante un homme bien enrobé.

— Tu as raison, Jean. Je rentre me faire une tisane détox.

— À demain !

C'est Kristen qui est partie la dernière. Je sentais qu'elle voulait dire un truc à Nicoucou, alors je suis allée aux toilettes. Quand j'en suis ressortie, elle tenait la main de Nicole, qui, penchée sur elle, la faisait rire. J'enregistre cette information – Nicoucou n'aime pas qu'on la touche quand elle ne connaît pas bien les gens – mais la laisse filer aussi vite.

— Qu'est-ce que tu baragouines comme bêtises ? je demande en me lovant dans un fauteuil.

Nicoucou marque un temps d'arrêt et éclate de rire.

— Je me moquais gentiment de Jean. C'est moche, je sais, avoue-t-elle sans une once de remords.

— *Tschüss,* Zabou ! À plus tard, Nicky !

Nous regardons Kristen quitter le café. Nous voilà seules.

— Nicky, sérieux ? je demande, ahurie.

Mais Nicoucou lève une main, et une serveuse arrive.

— *Por favor ! Dos mojitos de fresa, unas patatas bravas, una porción de jamón y queso.*

Puis, se tournant vers moi :

— J'ai commandé deux mojitos à la fraise, des pommes de terre sautées, du jambon et du fromage. Je n'en peux plus de leurs smoothies, aux ayatollahs du yoga ! J'ai besoin de rhum, et toi aussi. Ce mojito devrait te plaire, et les tapas sont un régal, ici.

— Donc, tu te fais appeler Nicky et tu es devenue bilingue en une semaine ! je ne peux m'empêcher de m'exclamer.

Encore une fois, elle botte en touche.

— Bilingue, n'exagérons rien. Je sais juste commander à boire et à manger. Les fondamentaux quoi, précise-t-elle en m'adressant un clin d'œil.

— Quand je t'ai déposée à l'aéroport, tu ne savais dire que « *chanclas* ». Je constate, c'est tout.

Elle rit. Les verres arrivent, remplis à ras bord. On trinque. Elle s'installe confortablement, les jambes repliées sous les fesses, et balance :

— Maintenant, raconte…

12

Confidences pour confidences

— … C'est alors que j'ai reçu ton SMS. Je me suis dit que c'était un signe et j'ai sauté dans un avion, je conclus, la bouche pâteuse.

Devant nous s'étale un cimetière de verres vides. Six ? Huit ? Je n'arrive plus très bien à compter. Après deux mojitos, je suis passée au punch coco. D'ailleurs, un autre ne me déplairait pas. Je lève un bras – il pèse deux tonnes et demie.

— *Uno cunch popo y uno…* j'énonce en attendant que Nicoucou complète la commande.

Mon amie regarde la serveuse, qui attend sans broncher.

— *Nada más, gracias.*

Puis elle me dit, un peu plus bas :

— Zabou, je crois que tu devrais arrêter. Le « cunch popo », c'est plutôt « bonjour les dégâts » dans ton cas.

Je hausse les épaules. Elle a raison. Je sais qu'elle a raison. C'est même la première fois de ma vie que je me laisse aller aussi loin dans l'ivresse. J'ai à la fois très honte et pas du tout. À vrai dire, même si je mettais ma culotte sur ma tête ici, personne n'en saurait jamais rien à Annecy…

— Je n'ai pas envie de rentrer à Annecy, je déclare, suivant laborieusement le fil de mes pensées.

— Ça tombe bien, ce n'est pas à l'ordre du jour pour le moment.

— Je veux dire… même plus tard.

— On en reparlera demain, me dit Nicoucou en soupirant.

— Tu sais quoi ?

— …

— Allez, cherche ! j'insiste.

— Non, je ne sais pas, répond Nicoucou en levant les yeux au plafond.

— Je vais détruire mon ancienne carte SIM et je vais disparaître dans la nature. *Pfuitttt !* Comme ça ! je fais en tentant de claquer des doigts sans y parvenir.

— Elle est où, cette puce SIM ? demande Nicole, l'air détaché.

Je farfouille dans mon sac et la trouve miraculeusement du premier coup au milieu de tout mon bazar.

— La voilà ! je crie en faisant sursauter les derniers clients attablés.

— Donne.

— Non.

— Donne.

— Non.

— Do…

Rapide, elle me l'arrache des mains, mettant un terme à ce dialogue assez pauvre, c'est évident.

— C'est moi qui vais la garder pour toi, le temps que tu te reprennes. D'ailleurs, je demande l'addition et on y va, ordonne-t-elle pour clore le débat.

— Où ?

— Je vais t'escorter jusqu'à ton hôtel. C'est lequel, déjà ?

Un hôtel… Les mots se frayent lentement un chemin jusqu'à mon cerveau, qui flotte dans le rhum. J'ai oublié de réserver un hôtel. À la même seconde, Nicoucou, voyant ma tête, le comprend aussi.

— Zabou, ne me dis pas que tu n'as pas réservé d'hôtel ?

Sans répondre, je secoue la tête, qui se met à vriller.

— Ouch ! je fais. J'ai mal au crâne, alors ne crie pas, s'il te plaît.

— Mais t'es dingue ou quoi ? On est en juillet. En Catalogne. À Sitges. L'une des stations balnéaires les plus prisées de la côte ! s'énerve Nicoucou.

Il faut que j'arrête le flux d'informations dont elle m'abreuve.

— Je pensais dormir avec toi à l'ashram.

— Je ne dors plus à l'ashram, m'annonce-t-elle, sur un ton neutre, en réglant la note.

— Tu dors sur la plage ? je pouffe.

Au même moment, son téléphone sonne. Machinalement, je regarde ma montre. Il est presque deux heures du matin. Ce doit être une erreur, mais Nicole se détourne pour parler, une main devant sa bouche. C'est la seule solution pour qu'elle puisse avoir une conversation privée en ma présence. Je sais lire sur les lèvres. Je ne sais pas comment j'ai appris, mais ça épatait mes enfants quand ils étaient petits, avant de les faire sortir de leurs gonds – enfin, surtout Louise –, à l'adolescence. Donc impossible pour moi d'entendre ou de deviner ce que dit Nicoucou, mais la conversation ne dure pas plus d'une minute.

— Drôle d'heure pour un vendeur de paréos ! je lance.

— Tu es tordante quand tu es bourrée.

— Je ne suis pas… bourrée. Je suis gaie.

— Oui, eh bien, moi aussi, mais avec un « y »… Depuis une semaine… Enfin, non, depuis toujours, mais je le vis maintenant.

Je me dégrise immédiatement. Ne vous méprenez pas : je ne suis pas du tout homophobe, mais ça me fiche un coup de l'apprendre comme ça. Ma meilleure amie serait… lesbienne ?

— Non ?

— Si. Enfin, je ne sais pas, mais voilà, je vis une histoire avec une femme et c'est merveilleux.

— Une Espagnole ?

— Non, elle est allemande.

— Mais comment as-tu fait pour trouver une Allemande en Espagne ?

— Je ne l'ai pas « trouvée ». Tu as de ces mots…

— Alors ?

— Au cours d'Axel. C'est Kristen.

— Cette Kristen-là ? Celle qui t'appelle Nicky ?

— Je te rappelle que je ne suis à Sitges que depuis (elle regarde sa montre) huit jours, maintenant, et que tous les habitants et touristes de la ville ne m'ont pas été personnellement présentés. Donc oui, cette Kristen-là.

Je le savais…

— Je le savais. Je sentais qu'il y avait un truc. Elle te tripotait, et tu te laissais faire.

— Elle ne me tripotait pas.

— Si. Je vous ai vues.

— Non.

— Si.

— Tu me fatigues. Allez, passe-moi ta valise.

— Où on va ?

— Chez elle. Enfin, dans le Airbnb qu'elle loue, Carrer de Sant…

Elle s'arrête en plein milieu de sa phrase.

— Ça ne sert à rien que je te dise le nom de sa rue, tu ne connais pas la ville.

— Je ne suis pas sûre…

— Tu as une meilleure idée ? Parce que je pense plutôt que tu lui devras une fière chandelle.

En parlant de chandelle, c'est moi qui vais la tenir, du coup. Quelle imbécile de ne pas avoir pensé à l'hôtel ! Quelle andouille d'avoir débarqué comme ça, pensant que Nicoucou serait là comme toujours, rien que pour moi !

— C'est loin ? je demande.

— Non.

On marche dans les rues. Toutes sont piétonnes. Il fait doux. Les gens sont encore dehors. Deux hommes, barbus et habillés exactement de la même manière, s'embrassent à pleine bouche. Je vois des homos partout et remarque enfin tous les *drapeaux arc-en-ciel* qui pendent aux fenêtres, affichant triomphalement leurs couleurs.

— Bienvenue à Sitges, me dit Nicoucou en m'attrapant la main.

Nous faisons quelques pas en silence, et puis je l'interroge :

— Tu as été amoureuse de moi ?

Elle éclate de rire.

— Jamais de la vie, voyons ! Ça va pas bien, dans ta tête !

— Pourquoi pas ?

— Parce que c'est comme ça.

— Antoine avait deviné…

— Je ne sais pas ce qu'il aurait pu deviner puisqu'il y a un mois encore je n'y pensais même pas ET que je n'ai JAMAIS été amoureuse de toi.

— Forcément, maintenant, tu es amoureuse de Kristen.

— Amoureuse, je ne sais pas, mais je suis bien avec elle. C'est facile avec une femme. Évident, presque. En plus, ce sont les vacances, et on aime les mêmes choses.

— Et moi ?

— Toi, tu es mon amie et c'est très bien ainsi.

Un couple passe dans la rue.

— *Buenas tardes.*

— *Buenas noches*, répond Nicoucou.

Je le laisse s'éloigner un peu et confesse :

— Je n'ai jamais eu d'amie lesbienne.

— Je n'ai, moi-même, jamais été pratiquante, avoue-t-elle en retour. Sauf, si ça compte, en 1971, quand j'ai embrassé Stéphanie Detilleux en colo.

— Eh bien, sache que je suis une sympathisante…

Le rire de Nicoucou se répercute et ricoche sur les murs de l'étroite ruelle. Kristen sort sur le petit balcon et met un doigt sur ses lèvres pour nous intimer l'ordre de faire moins de bruit. En un rien de temps, elle ouvre la porte du bas, un peu fâchée.

— *¡ Los vecinos, Nicky, por favor !*

— *Entschuldigung*, répond Nicoucou en lui caressant la joue.

Puis elle se penche vers moi et traduit :

— Les voisins…

Une lumière vient de s'allumer quelques maisons plus loin. Nicky nous pousse dans le hall et referme doucement la porte. Je sais que ce n'est pas le moment et que la réponse ne sera pas primordiale pour le bon déroulement de cette fin de nuit, mais j'ai un besoin impérieux de savoir. Je suis « germaniste première langue », comme on disait à l'époque où j'allais au lycée. Je fouille dans ma mémoire et bredouille :

— *Woher kommst du ?*

« D'où viens-tu ? » Toutes les deux me regardent. Nicoucou avec étonnement, parce que c'est la première fois qu'elle m'entend parler allemand, et Kristen avec stupéfaction, me prenant sans doute pour une folle. Nicoucou lui fait signe en se tordant le nez que je suis un peu pompette. Je lui fiche un coup de coude. Parce qu'on manque de se chamailler comme des gosses, Kristen répond, pour couper court :

— *In der Nähe von Hamburg.*

« Pas loin de Hambourg. » Elle laisse passer un petit temps et ajoute :

— *Buxtehude.*

Et là, dans le couloir de l'entrée, un fou rire me gagne. De ceux qui donnent mal aux joues et au ventre. À travers mes larmes, j'observe la tête ahurie de Kristen, qui doit penser que j'ai dévissé. C'est alors que, sans crier gare, ma vessie pleine de rhum décide de se vider. Doucement, sans que je puisse me retenir, je commence à faire pipi dans ma culotte. La bouche de Nicoucou forme un « O » parfait, avant de s'élargir en un sourire, puis en un éclat de rire franc. Sa *Freundin* nous foudroie du regard. Tandis que je me demande si mon hébergement pour la nuit est compromis, je ne peux m'empêcher de dire à travers mon hoquet :

— Désolée, je n'arrive pas à m'arrêter.

Ni Nicoucou ni moi ne sommes bannies de l'appartement de Kristen. Elle nous apporte juste un seau d'eau, une serpillière à franges (spécialité locale) et de l'eau de Javel pour laver les communs. Quand Nicole et moi terminons de nettoyer et remontons, elle désigne le clic-clac. Cela vaut pour nous deux. Une fois douchées, la machine contenant mes affaires souillées lancée et allongées côte à côte dans le noir, Nicoucou me souffle :

— T'es gonflée. C'était notre avant-dernière nuit…

— Et moi, c'est ma toute première fugue. Alors désolée si je ne maîtrise pas très bien le *timing*…

— *Ruhe !* hurle Kristen, exaspérée, depuis sa chambre. « Silence ! » En voyant le regard désemparé de Nicoucou, je me promets de me lever aux aurores pour les laisser se réconcilier sur l'oreiller. Après tout, j'ai une ville à découvrir !

13

(Re)Naissance

Me voilà seule à Sitges.

Comme prévu, Nicoucou est repartie le 21 à l'aube et, imprévu, Kristen a décidé de la suivre pour prolonger un peu leur histoire. Elle a donc avancé son départ, me laissant son Airbnb pour une nuit. Une de gagnée. Nous avons fait le tour : de une à cinq étoiles, les hôtels sont combles. Je ne sais même pas comment j'ai pu ne pas y penser ! Les seules chambres qui restent sont des suites avec vue sur la mer à plus de quatre cents euros. Impensable ! À ce prix-là, mon « pécule fugue », déjà bien entamé, fondrait comme neige au soleil. Or, je veux pouvoir décider quand je rentrerai, et certainement pas pour de basses raisons économiques.

Contre toute attente, durant les deux derniers jours, Kristen et moi nous sommes bien entendues. Elle a eu la gentillesse et l'intelligence de ne pas me tenir rigueur de mon arrivée passablement mouvementée… Il est certain que notre immense affection pour Nicoucou a balayé la plupart de nos différences. Je crois aussi que ma situation l'intriguait et qu'elle était curieuse d'en savoir plus. Alors, dans un mélange de franco-allemand et de langue des signes, j'ai tout raconté une nouvelle fois. Son oreille attentive et son regard extérieur sans jugement m'ont fait du bien. À mon tour, j'ai appris pêle-mêle : qu'elle était une globe-trotteuse dans l'âme, adepte du rāja yoga, dentiste de profession, mariée depuis une vingtaine d'années mais dans une relation libre, pansexuelle mais pas bi, mère d'une fille de dix-sept ans, et que c'était pour aider celle-ci à préparer son entrée à l'université de Hambourg qu'elle devait retourner en Allemagne, sinon elle aurait posé ses valises à Annecy un peu plus longtemps. Ses discours de femme libérée m'ont ébranlée, et j'ai vite compris pourquoi mon amie avait craqué pour elle. La liberté donne des ailes, ou les ailes offrent une plus grande liberté, je ne sais pas trop dans quel sens tourner cette phrase.

Le dernier soir, alors qu'elles bouclaient leurs bagages, Nicoucou m'a prise de court :

— Maintenant, on la consulte, ta carte SIM ?

J'avoue, j'ai paniqué. Je l'avais volontairement sortie de mes pensées pour ne pas avoir à anticiper mon retour, ni le feu des questions auxquelles je serai soumise, ni les réponses que je devrai fournir aux miens – alors que je n'ai pas la moindre idée de ce que je vais leur dire. J'ai fait « non » de la tête.

— Très bien, c'est toi qui décides. Mais j'en fais quoi ?

— Tu la gardes.

C'est la seule chose que j'ai trouvée à répliquer. En haussant les épaules, Nicoucou a remis la puce de mon portable dans son cabas en toile de jute.

— Comme tu veux, mais il va falloir que tu prennes une décision, tu sais ?

J'ai acquiescé. Que pouvais-je faire d'autre ?

Kristen et Nicole ont quitté l'appartement très tôt. Je ne les ai pas entendues partir. Je n'ai même pas pensé à demander à Nicoucou qui allait venir les récupérer à l'aéroport, ce qu'elle ferait après le départ de Kristen, si elles allaient se revoir… Je suis égoïste et nulle, l'évidence me frappe de plein fouet.

— Une vraie ado ! je me fustige.

Coupable, je tire le drap au-dessus de ma tête. Me voilà seule à Sitges.

* * *

Une heure plus tard, je suis attablée chez Montroig. Il n'a fallu que trois jours pour que j'y aie mes habitudes. Je commande un petit déjeuner et je réfléchis. La situation ne peut pas s'éterniser, je le sais, mais j'ignore toujours où j'en suis et quel sens donner à cette « fugue ». Mes enfants, Michel, mon mariage, ma vie… À quel moment ai-je raté le tournant ? Pourquoi un klaxon ne retentit pas dans un coin de notre tête avant que tout parte en cacahuète ? Ou, pire, a-t-il corné et je n'y ai pas prêté attention ? Aussi étrange que cela puisse paraître, j'ai envie d'appeler Josy. Nul besoin d'avoir son numéro dans mon nouveau téléphone, je le connais par cœur. C'est le seul. Avec le mien. Encore qu'il m'arrive d'oublier ce dernier lorsqu'on me le demande par surprise. Il est vrai qu'on s'appelle soi-même rarement... Bref, la raison pour laquelle j'ai retenu celui de ma belle-mère est simple : les huit chiffres qui suivent le 06 sont les quatre départements que j'ai habités dans ma vie, et dans l'ordre chronologique s'il vous plaît ! Appelons ça une coïncidence ou, en l'état actuel des choses, la providence.

Je compose le numéro : Hauts-de-Seine (naissance à Boulogne-Billancourt), Paris (études à la Sorbonne), Finistère (rencontre avec Michel au cours de vacances avec des copains et, quinze mois plus tard, mariage), Haute-Savoie (déménagement professionnel pour suivre Michel, ma maison, mes enfants, mes petits-enfants...).

Ça sonne.

— Allô ?

— Josiane ? Bonjour, c'est Zabou.

— Zabou ?! Nous sommes tous morts d'inquiétude !

Quelque chose se serre dans mon ventre.

— Tout va bien ? poursuit ma belle-mère.

— Oui. Non. Enfin, je ne sais pas trop... je bafouille.

— Alors on va reprendre depuis le début, dit-elle d'autorité.

Bien qu'elle ne puisse pas me voir, je hoche la tête pour lui signifier que je suis d'accord.

— Es-tu en danger ou retenue contre ton gré quelque part ? me demande-t-elle, le plus sérieusement du monde.

Je suis chavirée. De toutes les questions possibles – et, croyez-moi, Josiane a de l'imagination –, la première me concerne vraiment. Je m'empresse de la rassurer.

— Ni menacée, ni séquestrée, ni sous une emprise quelconque. Promis.

— À la bonne heure ! Mais alors quoi ?

— Je ne sais pas. D'un coup, ce n'était plus possible… Au-dessus de mes forces. Je…

Des trémolos m'empêchent de poursuivre.

— Zabou, je vais te confier quelque chose. Mais attention, je nierai te l'avoir dit, même sur mon lit de mort.

Les yeux brouillés, je souris malgré moi.

— Quand tu as épousé Michel… Non, ça remonte à bien avant.

Je l'entends prendre une profonde inspiration.

— J'ai toujours voulu avoir une fille. Je l'imaginais forte, ambitieuse, féministe. Je lui aurais donné les armes nécessaires, l'aurais guidée, encouragée à être libre, laissée se tromper et recommencer… Au lieu de ça, je n'ai eu que des garçons. Trois. Savoir que j'avais brûlé mon soutien-gorge, que je m'étais rebellée contre mon père, que j'avais milité pour les mouvements de libération des femmes les a très vite laissés de marbre. C'était une histoire et des combats qui ne les concernaient pas vraiment, ou plutôt je n'ai sans doute pas su les y intéresser. Mais, en juillet 1979, Michel a fait ta connaissance. Il ne pouvait pas prononcer une phrase sans placer ton prénom. Il était comme envoûté. Il parlait de ton esprit, de ta fraîcheur, de tes engagements… Bien entendu, j'ai demandé à te rencontrer et j'ai organisé un déjeuner dans la maison familiale de Vannes. Et puis je t'ai vue. Tu étais non seulement celle qu'il avait décrite mais la fille dont j'avais rêvé naguère. En mieux. Tu existais et tu étais libre. Je me souviens m'être dit que l'aîné de mes fils allait devenir un type bien en te côtoyant si, par chance pour lui, vos chemins s'unissaient. J'étais certaine que tu allais le bousculer dans ses habitudes, le faire réfléchir, le stimuler, le chiffonner parfois aussi, mais qu'il en sortirait grandi. Un homme nouveau, celui que je n'avais pas réussi à fabriquer…

Je souris à l'évocation de ces souvenirs. J'adorais cette maison et je me revois à vingt ans, très sûre de moi, avec des envies à revendre, des projets plein la tête. J'ai perdu la plupart en route…

Josiane poursuit.

— Un an plus tard, tu avais lâché tes études, tu étais venue t'installer en Bretagne et vous vous disiez « oui » à la mairie de Brest. Bien entendu, tu avais toujours l'éclat de tes vingt ans, mais tu avais mis un voile sur tes désirs personnels. Tu voulais, à l'instar de mon fils, fonder une famille. Désormais, tu aspirais à une vie plus bourgeoise que bohème, et cela rassurait Michel. Il savait faire. Il a toujours su faire.

— Ce n'est pas sa faute… je le défends.

— Je n'ai pas dit ça, répond ma belle-mère. Je me demande juste si ce ne sont pas les regrets qui t'ont rattrapée.

Je garde le silence.

— Je te dis ça parce que j'ai rêvé, plusieurs fois, d'agir ainsi et que je me suis empêchée de le faire jusqu'à ces dernières années. Et pourtant, cela fait un bien fou. Un homme jeune dans mon lit, une voiture de sport…

— Je n'ai pas quitté Michel pour un autre, je me justifie.

— Je ne t'ai accusée de rien, loin de moi cette idée. Non, si je te raconte ça, c'est parce que je retrouve dans cet acte un peu dingue la Zabou de ses vingt ans. Je te dis ça aussi parce que, quand Michel, Benjamin et Louise m'ont appelée tour à tour, je me suis montrée contrite pour eux, mais au fond de moi j'étais heureuse. Heureuse pour toi. Heureuse que tu l'aies fait…

— Et j'ai fait quoi, selon toi ? je l'interromps.

— Tu as fugué ! Tu as décidé de changer des choses.

— Mais je ne sais même pas ce que je veux modifier dans ma vie.

— Qu'importe ! s'exclame Josiane. Qu'importe ! Tu as déplacé une fondation. Tu as ébranlé leurs certitudes. Tu n'es plus un meuble, et, crois-moi, ils vont tous bouger avec toi !

Tu leur as parlé quand, pour la dernière fois ?

— J'ai eu Benjamin il y a trois jours.

Soit le lendemain de ma fugue…

— Ne me fais pas languir. Que t'a-t-il dit ?

— Qu'après avoir essayé sans relâche de te joindre, Louise, Paul et lui allaient descendre à Toulouse retrouver Michel.

— Mais il fait quoi, à Toulouse ?

— Il t'attend. À l'aéroport. Dans le camping-car. Depuis trois jours, donc…

— Oh, je me sens mal ! je gémis.

— Je sais. Je pensais mon fils plus volontaire, moi aussi. Mais il attend fidèlement là où tu l'as « abandonné ». Et je mets des guillemets, note bien.

Je soupire, désemparée.

— Je suis un monstre.

— Personne ne le pense dans la famille. Pas même Louise. Et pourtant, elle ne t'épargne pas.

— Ça ne va pas fort en ce moment, entre elle et Stéphane.

— Benjamin me l'a dit. Tu sais quoi ?

— Non…

— Peut-être que c'est un mal pour un bien. Elle est jeune. Elle reprend le contrôle. Tout est possible pour elle. Elle ne fuguera pas à soixante ans, et elle… elle ne finira pas cougar à quatre-vingts. Ou peut-être que si, après tout !

Je ris.

— De toute façon, je ne l'ai jamais senti, ce Stéphane.

— Josiane !

— Il faut bien que je joue jusqu'au bout le rôle de la mamie indigne, non ?

Je me demande si la vie, ce n'est pas ça au final : un grand cirque, une scène géante où nous avons tous des répliques à dire et des postures à tenir.

— Zabou…

— Hum ?

— Je peux t'aider d'une quelconque manière ?

— Pas pour le moment… Merci de l'avoir proposé.

— Sur place, tu as quelqu'un vers qui te tourner ?

Une lumière s'allume dans mon cerveau.

— Je crois, oui… je balbutie.

— Tu connais mon numéro, le cas échéant.

— Par cœur.

— Formidable. Alors à bientôt.

— Josiane…

— Oui ?

— Merci de ne pas demander où je suis.

— Quelle importance, l'endroit où tu te trouves !

— C'est la première question que la plupart des gens auraient posée.

— Je ne suis pas la plupart des gens.

— Je sais. Merci.

— Ne me remercie pas.

— Josiane ?

— Oui ?

— Dans une autre vie, je serai ta fille…

Ma belle-mère rit dans le téléphone.

— Je vais prendre l'option « sans fugue » alors. Ce n'est pas si facile à gérer !

— Je suis désolée pour tous les soucis que j'ai causés. Je vais arranger ça. Je t'embrasse.

— Moi aussi, je t'embrasse. À bientôt, Zabou.

Mon café a refroidi dans ma tasse. J'ai fait des miettes avec mon croissant, qu'un moineau picore, planté tranquillement à mes pieds.

Il y a un proverbe qui dit : « Si tu vois tout en gris, déplace l'éléphant. » Moi, j'ai mieux : j'appelle ma belle-mère.

Repu, le piaf s'envole. Je laisse de l'argent sur la table et quitte l'établissement. Je n'ai presque plus de batterie, mais j'ai un deuxième coup de fil à passer…

14

Vague à l'âme et horizon lointain

Je raccroche, m'étonnant de mon audace. Réminiscence de ma jeunesse, suite à la piqûre de rappel de Josiane. Je devrais plus souvent parler à cœur ouvert avec ma belle-mère. Je consulte ma montre. J'ai quelques heures devant moi. Mes pas me guident vers la mer, et je débouche sur le Passeig de la Ribera, pile en face du monument érigé en hommage à Facundo Bacardì, inventeur de la marque de spiritueux. Ici, ni visage ni dates, juste une sculpture, assez modeste, représentant deux mains ouvertes qui laissent s'envoler une chauve-souris. Je n'ai jamais été fan des chiroptères, mais voir celle-ci partir vers un avenir incertain me fiche le bourdon.

— *Tu ne vas quand même pas t'identifier à une chauve-souris en bronze ?* m'interpelle, dans ma tête, une voix semblable à celle de Nicoucou.

— *Et pourquoi pas ?* lui répond en écho une seconde voix, plus complaisante.

Le vrai moi reprend le contrôle des synapses de mon cerveau et commande :

— *Enlève tes sandales et va marcher le long de la plage. Tes idées se remettront en place d'elles-mêmes.*

— *Sur le sable mouillé où vient mourir l'écume, métaphore parfaite du vague à l'âme,* se moque la première voix.

— *Tout cela m'évoque plutôt des horizons lointains*, répond l'autre. *Et la promesse d'un avenir radieux.*

— *N'importe quoi !* s'exaspère son double diabolique. *Son ciel est plutôt couvert, depuis un moment !*

— Vous deux, ça suffit ! Je ne m'entends plus penser !

Ainsi rappelées à l'ordre, Ping et Pong ne répliquent rien. J'attrape mes sandales par leur bride, ajuste la bandoulière de mon sac sur mon épaule gauche – celle qui échappera peut-être à l'arthrite – et prends la direction du Golf Terramar. C'est plat, c'est loin, mais on voit l'objectif à atteindre, et pas un hypothétique horizon qu'on ne franchira jamais. Une leçon de vie à mettre en œuvre, peut-être ? Mais comment en suis-je arrivée là, à me parler à moi-même sur une plage catalane, avec pour unique réponse à mes questions existentielles le bruit du ressac ? Qui es-tu, Isabelle Fleurot, épouse Le Bihan ?

En passant devant le club de voile, j'observe des enfants qui mettent à l'eau leurs dériveurs. Le moniteur en houspille un, visiblement pour un problème de gouvernail – enfin, c'est ce qu'il désigne en gesticulant. Je me souviens… De mes neuf à douze ans, tous les dimanches, mon père et moi quittions l'appartement de Boulogne pour nous rendre sur ce qui s'appelle aujourd'hui la base nautique de Choisy-le-Roi. À cette époque, c'était juste un plan d'eau au milieu d'un jardin municipal. Mon père avait un ami qui nous autorisait à entreposer mon bateau dans sa remise. Marin contrarié, papa avait eu l'idée de m'apprendre la voile. Cela me plaisait, et j'étais plutôt bonne navigatrice, jusqu'au jour où j'ai dessalé par vent fort. Je me suis retrouvée dans une eau glaciale, l'épaule gauche déboîtée par le mât qui était tombé sur ma clavicule. Résultat : luxation. Arrêt des cours paternels, ma mère ayant décidé d'y mettre le holà. Leur couple a commencé à chavirer. Moins d'une année plus tard, mon père la quittait, et moi aussi, par la même occasion, faisant couler le voilier familial. Il s'est alors volatilisé dans la nature et est mort d'une péricardite trois ans plus tard sur une péniche. De l'eau autour du cœur, ironie de la vie. Je n'ai jamais remis les pieds sur un bateau et j'ai toujours refusé de partir en croisière, ce qui ne m'empêche pas de pleurer à chaudes larmes en regardant *Titanic*.

— *Je crois que tu es mûre pour t'allonger sur le divan de ce bon docteur Freud*, dit la voix de Nicoucou.

— *Lâche-la un peu !* grommelle l'autre.

Aïe ! Aïe ! Aïe ! Des cailloux et une dalle de béton brûlante signifient la fin de la première anse de sable fin. J'hésite à me rechausser. Juste quelques mètres. Je sautille sur la pointe des pieds, cherchant, sans toujours le trouver, l'endroit plat où rebondir pour le prochain saut. Acrobatie étrange. J'ai toujours été une piètre danseuse.

La preuve… Le jour de mon mariage, j'ai écrasé un nombre incalculable d'orteils. Michel, qui avait appris toutes les danses de salon possibles et imaginables lorsqu'il était en pension en Angleterre, s'amusait de ma maladresse. Pour l'ouverture du bal, il avait fini par me soulever dans ses bras, faisant rire l'assemblée qui nous célébrait. De tous mes amis, j'étais la première à me marier et, sans aucun doute, celle sur laquelle personne n'aurait parié. J'avais des envies de célibat, de liberté et d'indépendance que je clamais haut et fort. J'avais d'ailleurs programmé un voyage en Inde. Un billet sans retour pour aller creuser des puits à Katmandou. En l'achetant, j'avais brisé le cœur de Joël, mon amant de l'époque, refusant la bague qu'il voulait m'offrir. L'ambiance était délétère. Sur un coup de tête, et juste avant de m'envoler pour l'autre bout du monde, j'avais proposé à ma bande de copains, Annie, Hélène et Jean, de prendre la direction de la Bretagne et de passer une partie de l'été ensemble. Nous nous étions entassés dans ma Dodoche. Jean était un ami du frère cadet de Michel ; c'est comme ça que nous avons « atterri » à Vannes et fait la connaissance des Le Bihan. Résultat : je ne suis jamais partie en Inde.

Le jour de mon mariage, Annie, la larme à l'œil, m'avait glissé :

— Et dire que tu te fais passer un anneau au doigt, ma grande !

J'avais alors – je m'en souviens parfaitement – minimisé, à ma façon, cet engagement en rétorquant :

— Ce qu'il y a de bien dans un mariage, c'est le divorce.

Mon amie avait marmonné quelque chose sur mon humour tordu, morbide et déplacé, m'avait sommée de ne plus plaisanter avec ça et obligée à « retirer » mes paroles, prétextant que ça portait malheur. J'avais obtempéré devant sa superstition. Aux dernières nouvelles, Annie avait divorcé pour la cinquième fois, pas autant qu'Elizabeth Taylor, mais un beau score tout de même pour celle qui croyait à l'unique grand amour.

— *La vie est mal fichue !* assène, péremptoire, la voix de Nicoucou.

Je touche au but. Le practice vallonné s'étend maintenant sous mes yeux. Quelques golfeurs s'entraînent. Je les regarde un instant, puis décide de m'offrir un café frappé à la terrasse du Sunway Playa, le dernier hôtel au bout de la promenade. Je remonte de la plage, passe une main sous la plante de mes pieds pour en faire tomber les grains de sable, enfile mes sandales et traverse la rue. Je m'installe à l'ombre, les palmes des arbres découpant de jolies formes sur la table. Un serveur s'approche pour prendre ma commande. Pas très grand, plutôt grassouillet mais presque gracieux. Il arbore une moustache qui le fait ressembler à… Marc Daraskoff. Son nom est remonté d'un coup, du fond de mon passé. C'était il y a ? Vingt-deux ans ?

— *Vingt-cinq*, corrige la voix de Nicoucou.

Comme prise dans un brouillard, je pointe je ne sais quoi sur la carte, et le serveur repart. Marc Daraskoff. Un nom que je n'ai plus prononcé depuis des années. Il était éditeur, vivait à Paris. Nous l'avions rencontré lors d'un dîner organisé par des amis communs. Faisant en sorte d'avoir Michel à sa droite, l'hôtesse m'avait placée à côté de Marc en me soufflant :

— Tu verras, sa conversation est irrésistible.

De fait, il m'avait subjuguée en quelques heures. Plus rien ni personne n'existait. Michel et les enfants : balayés. Avec élégance, il avait proposé de se revoir. J'avais résisté. Un mois, deux peut-être, et puis plus du tout. Pour préparer ce saut dans l'inconnu, j'avais inventé une histoire de papiers dont ma mère avait besoin et que je devais lui apporter urgemment. Michel m'avait écoutée d'une oreille distraite. J'avais sauté dans un TGV. Marc m'attendait à la gare. Pour la première fois, nous avions posé nos mains sur le corps de l'autre pour nous étreindre. Nos bouches s'étaient dévorées. Une évidence…

— Ma fille a débarqué chez moi, ce matin, m'avait-il appris.

— Je croyais qu'elle vivait chez ton ex-femme.

— Oui, mais elle s'est disputée avec sa mère.

Et aussitôt l'explication donnée, refusant de laisser cette nouvelle assombrir cet instant, il avait ajouté :

— Alors j'ai réservé un hôtel à Trouville.

— Mais…

— Solenne a dix-neuf ans. Elle est majeure et vaccinée, et très heureuse de jouir de l'appartement de son père. Et moi, je suis ravi que tu sois là !

— Je…

— Je suis garé en double file, viens vite !

Il avait pris ma main et ne l'avait pas lâchée tout en conduisant. Nous passions les vitesses ensemble. Soudain, je n'avais plus quarante ans mais à nouveau vingt. L'aventure. L'inconnu. L'excitation. Je n'avais rien vu de la ville qui abritait nos amours illicites. Je savais vaguement que la mer devait être au bout d'une des rues par lesquelles nous étions arrivés. Il n'y avait eu que nos corps nus et affamés pendant trois jours. Le quatrième, il m'avait dit :

— Reste…

Jamais Michel ne l'avait exigé. Cela m'avait chavirée. J'avais posé un doigt sur ses lèvres pour qu'aucun autre mot n'en sorte, je m'étais rhabillée et j'avais quitté la chambre sans me retourner. J'allais devoir vivre avec mon infidélité. Au guichet de la SNCF de Deauville, j'avais acheté un billet retour. D'une cabine téléphonique, j'avais appelé Nicoucou, qui était venue me chercher à la gare d'Annecy et m'avait déposée à Metz-Tessy. Elle n'avait posé aucune question. Je lui en ai toujours été reconnaissante. Notre amitié ne s'est jamais démentie. À la maison, quand j'étais arrivée, Michel et les enfants préparaient des crêpes – la seule chose qu'en bon Breton, il savait faire.

— Salut, maman. Mamie va bien ? avait demandé Ben.

— Oui, j'avais répondu en baissant les yeux.

Michel avait regardé notre fille, qui était collée à lui.

— Promis, Loulou : la prochaine, c'est toi qui la fais sauter ! Mais, en attendant, va embrasser maman.

Boudeuse et contrariée, Louise s'était avancée vers moi.

— Tu ne sens pas comme d'habitude, m'avait-elle dit.

— Le voyage... j'avais balbutié. Il a fait chaud, j'ai transpiré.

Elle avait remué le nez, rejoint son père, planté ses yeux dans les miens et avait entouré Michel de ses bras.

— Si tu veux, tu as le temps de prendre une douche, avait proposé Michel. Les enfants et moi, on mettra la table.

J'étais montée, les yeux brûlants et fautive. Sous la douche, tandis que je me frottais à m'arracher l'épiderme, je m'étais effondrée. Je m'imaginais que Louise, du haut de ses huit ans, m'avait démasquée. Je me sentais gauche avec elle, comme empêchée, retenant mes élans maternels. Plus tard, je l'ai laissée entrer en guerre contre moi, acceptant ma « punition ». Ç'avait été le seul changement perceptible. Ben, lui, n'avait rien remarqué. Quant à Michel, il s'était montré égal à lui-même. La faute m'incombait, et je devais désormais la porter. J'avais fait une grosse déprime, puis, doucement, j'avais remonté la pente...

Dans le verre posé devant moi – depuis quand, je l'ignore – surnagent deux glaçons fondus et une olive verte. Je n'ai quand même pas commandé un... un Martini ? Il n'est même pas onze heures du matin !

— *Dépravée !* rigole, goguenarde, la voix de Nicoucou.

— *Alors désolée, mais s'il y a un moment pour picoler dans cette histoire, c'est bien maintenant,* tempère l'autre.

Ont-elles toujours été là, ces deux voix ? Le soleil a tourné. J'ai le front et le nez qui chauffent. Manquerait plus que je me chope un coup de soleil...

— *Un coup d'amour, un coup de « je t'aime »*… chante, faux, la voix de Nicoucou.

Je secoue la tête pour la faire taire. Je laisse dix euros sur la table. Un gros pourboire pour un beau souvenir. C'est moins douloureux que ce que j'imaginais depuis toutes ces années. Je prends mon sac et quitte le lieu. Sur la promenade, des joggeurs, des rollers et des cyclistes. Michel… J'ai envie de savoir s'il a essayé de m'appeler, mais je réalise que ma carte SIM est en Haute-Savoie chez Nicole. De toute façon, la batterie de mon téléphone est presque à plat maintenant, m'indique l'écran.

Michel… Je l'ai choisi justement pour tout ce que je lui reproche lâchement aujourd'hui : sa constance et sa gentillesse, le contraire d'un passionné qui chamboule tout mais ne construit rien. Pourtant, avec son vélo… Un jour que j'attendais chez la manucure, j'avais intercepté, malgré moi, une conversation entre deux copines. L'une disait à l'autre :

— J'ai su qu'il me trompait quand il s'est mis au sport. Aller en salle pour soulever de la fonte, à son âge…

— Et… ?

— J'ai fouillé son téléphone et ses vestes. Résultat : un SMS qu'il avait oublié d'effacer disant « mon amour » à quelqu'un qui n'était pas moi et le reçu d'un hôtel où je n'avais jamais mis les pieds.

Je n'ai jamais eu l'idée de fouiner dans les affaires de Michel.

— *Tu serais malvenue de le faire*, souffle la voix de Nicoucou.

Elle n'a évidemment pas tort. Mais s'il avait une maîtresse ? Je serais mal avisée de lui en vouloir, et pourtant… Suis-je en train de devenir jalouse ? Une chose est certaine : si nous continuons ainsi, nous allons droit dans le mur, et ce n'est pas ce que je veux. Notre couple mérite mieux que cette « obsolescence programmée des sentiments ». Et si cette crise pouvait nous être salutaire ? Si on rembobinait ? Si on prenait une nouvelle main, avec d'autres atouts ? Je veux que nous nous choisissions une fois encore.

Alors que j'approche du centre-ville, je repense à la chauve-souris de tout à l'heure. Mon esprit vagabonde à nouveau… C'était un été où elles étaient nombreuses à tourner autour de la maison à la nuit tombée. Je n'étais pas très rassurée et je m'en étais ouverte à Michel, lui demandant de faire quelque chose. Le lendemain, Petite Chérie avait déboulé dans le salon, agitée.

— Papa m'a dit que tu voulais chasser les chauves-souris ?

Je n'avais pas eu le temps de répondre, car elle poursuivait déjà :

— C'est un animal totem pour de nombreuses civilisations, et toi, tu veux les éloigner ?! Vraiment ? Vraiment ?

La répétition m'avait alertée. Louise était visiblement très énervée.

— Eh bien, tu n'es absolument pas digne d'elles !

Et elle m'avait plantée là, enragée, montant l'escalier en tapant des pieds.

— *Tu es presque drôle*, dit la voix de Nicoucou, à qui « chauve-souris enragée » n'a pas échappé.

Plus tard, j'avais quand même voulu en savoir plus. Aujourd'hui, des bribes de ces anciennes lectures me reviennent. Symbole de renaissance. Quand un chiroptère apparaît dans votre vie, c'est que vous êtes prêt à entreprendre un grand nettoyage, vous obligeant à vous séparer de la partie de vous que vous jugez inutile, voire encombrante… À l'époque, ça m'avait laissée totalement indifférente. Ne se sentant sans doute pas très désirées, les chauves-souris étaient parties comme elles étaient venues. Fin de l'histoire. Sauf qu'aujourd'hui, le message m'interpelle. Et si…

15

Le bon numéro

C'est étrange d'attendre quelqu'un qu'on ne connaît pas dans une ville où l'on est soi-même une étrangère. Je suis à la gare de Sitges, et le train en provenance de Barcelone devrait arriver dans trois minutes. Machinalement, je lisse d'une main un pli imaginaire sur ma robe et j'arrange ma coiffure de l'autre. Le train s'immobilise à l'heure prévue. Il est le premier à en descendre, un petit sac en toile sur l'épaule. Je lève un bras et l'agite dans sa direction. Il répond à mon signe et s'approche, de ces enjambées de géant que j'avais déjà remarquées à l'aéroport.

— Isabelle, je suis heureux que vous m'ayez appelé ! dit-il en se penchant pour m'embrasser avant de suspendre son mouvement, embarrassé.

— *Tsss, tsss…* je fais.

— Je vous promets que je ne suis jamais aussi familier, normalement.

— Allons, pas de chichis entre nous. Tu as l'âge d'être mon fils, alors je veux bien une paire de bises. Et puis aussi qu'on se tutoie… Enfin, si ça te convient.

Il sourit et me plante deux baisers sur les joues.

— Alors je suis triplement heureux. Éloignons-nous du quai, m'enjoint-il en me guidant vers la sortie.

Le soleil darde ses rayons. La chaleur nous cueille. Le bitume est brûlant.

— *Pfiou !* Quelle chaleur ! souffle Nicolas en chaussant ses lunettes de soleil. Viens, marchons à l'ombre.

— Tu aurais dû prendre le train suivant, ou même celui d'après. Je m'excuse si je t'ai fait croire à une urgence.

— Non, surtout pas.

Nous faisons quelques pas en silence.

— Avant de mourir de chaud, ça te dit de manger une glace ? Si oui, je t'emmène chez Ô Sorbet d'Amour. Ils ont des parfums à tomber.

— Avec plaisir.

En cinq minutes, empruntant les ruelles pavées qu'il connaît par cœur, nous voilà Carrer de les Parellades.

— Je n'ai pas encore la topographie de la ville en tête. De cet endroit précis, j'ai mis vingt minutes pour trouver la gare.

Il rit.

— Tu vois ? Tu as bien fait de m'appeler.

— Peut-être voulais-tu passer un week-end tranquille et…

— Je t'arrête tout de suite ! J'avais prévu de venir bosser dans la maison et je suis content d'avoir de la compagnie. Mon week-end s'annonce mieux que je ne l'envisageais.

— Tu es gentil, mais je crois que tu ne m'avoues pas la « vraie » vérité, comme dirait mon petit-fils. Tu n'as qu'un petit sac. Je t'ai pris de court, reconnais-le.

— Pas du tout, j'ai tout ce qu'il faut ici, des affaires de toilette et des vêtements de rechange. La maison est en chantier mais elle est tout à fait habitable. Tu t'en rendras compte par toi-même. Rassurée ?

J'opine du chef, et nous entrons chez le glacier.

— Tu prends quoi ? me demande Nicolas.

— Yuzu et réglisse dans un pot, s'il te plaît.

— Pour moi, ce sera pastèque et…

— Pomme verte dans un cornet, complète le patron en français. *Hola*, Nicolas ! Comment vas-tu ?

— Super, merci Tristan. Je te présente mon amie Isabelle. Elle est à Sitges depuis quelques jours et pour une durée indéterminée.

Tristan me tend la main par-dessus les congélateurs vitrés.

— C'est aussi ce que j'ai dit il y a cinq ans, et je n'en suis jamais parti, me confie-t-il.

— C'est parce que tu as rencontré l'amour, le taquine Nicolas.

— *¿ Estamos hablando de mí ?* interroge un jeune homme en sortant de ce que j'imagine être un bureau.

Il me salue de la main et plaque un baiser sur les lèvres de Nicolas. Visiblement, c'est habituel puisque ce dernier enchaîne sans autre formalité.

— *¡ Hola Juan ! ¿ Que tal ? ¿ Puedes venir a mi casa el sábado por la mañana ? Voy a necesitar tu ayuda con los azuelos…*

— *¡ Claro que si, amigo !*

Ils parlent à une telle vitesse que je renonce à saisir le sens de leur échange. Tristan m'adresse un clin d'œil.

— Heureusement que je ne suis pas jaloux ! rigole-t-il. Ni des baisers, certes chastes, ni du temps qu'ils passent ensemble. Ces deux-là se connaissent depuis la maternelle… Alors comme ça, vous logez chez Nico ?

Je ne sais pas quoi lui répondre parce que, si j'ai évoqué ma situation à Nicolas, nous n'en avons pas vraiment parlé. Il vole à mon secours :

— Oui, Isabelle est mon invitée ! Comme tu le sais, ce ne sont pas les chambres qui manquent.

La tension accumulée malgré moi se relâche, mes poumons se vident et se remplissent d'un air nouveau. J'ai un toit pour les prochaines nuits.

Nous ressortons d'Ô Sorbet d'Amour.

— Si je n'avais pas pu me libérer aussi tôt, quel aurait été ton programme de l'après-midi ? me demande Nicolas.

— Remettre un peu d'ordre dans l'Airbnb que j'occupais avec mes amies, boucler ma valise et rendre la clef au propriétaire.

Nicolas regarde sa montre.

— Bien. Où se trouve cet appartement ?

— Tu promets de ne pas te moquer de mon accent ?

Il lève la main droite. Paul fait la même chose. Mon petit-fils me manque…

— Carrer de Sant Pau. Au 42.

Je le vois esquisser un sourire.

— Tu avais promis.

— Je te jure que ce n'est pas pour ça.

— Pour quoi alors ?

— Parce que, ce soir, j'avais prévu d'aller dîner à La Salseta.

Nicolas constate, à la tête que je fais, que je n'y vois pas l'ombre d'un rapport.

— Le resto se trouve dans cette rue. J'aime imaginer que nous nous y serions peut-être croisés. Quoi qu'il en soit, tout se met bien en place. On récupère ta valise, on dépose la clef, on va chez moi, je me douche et me change, on prend l'apéro sur ma terrasse, ou quelque part dehors si tu préfères, et on sort dîner. Enfin, si ça te convient, bien sûr, ajoute-t-il, inquiet. Tu es peut-être fatiguée ou…

— Non, c'est parfait. Pour tout t'avouer, en me levant ce matin, je n'espérais pas une fin de journée aussi réussie.

Il s'arrête.

— 42. Nous y sommes, dit-il.

Je l'invite à me suivre. Tandis qu'il est assis sur le clic-clac, je boucle ma valise. Le tour de l'appartement est vite fait. J'étais en transit. Je suis prête à partir.

— On peut y aller.

— *Vamos.*

— Merci, Nicolas.

— Tu plaisantes ?! Mon *abuela* m'aurait renié si je t'avais laissée en plan.

Je ferme la porte à double tour. Nicolas s'est déjà emparé de ma valise.

— Laisse-moi la porter, au moins dans l'escalier. La maison n'est pas loin. On va couper par Santa Tecla. C'est sur le chemin pour rendre ta clef.

* * *

La maison est immense, et les travaux ne concernent plus que le solarium, que Nicolas est en train d'agrandir. Je dépose mes affaires dans l'une des nombreuses chambres. Nicolas se douche avant de me rejoindre dans le patio. Il tient deux verres par leur pied et un pichet de sangria.

— J'avais repéré cette maison en me promenant, lui dis-je tandis qu'il me sert. Je ne m'attendais pas à ça.

— Comme je te l'ai rapidement expliqué, c'est une maison familiale. Mon *abuelo* était pêcheur. Ma grand-mère, seule la plupart du temps, y a élevé ses six enfants. Aucun n'a voulu reprendre la maison, trop grande, trop de travaux… De ses petits-enfants, je suis le seul à y être autant attaché. Alors comme j'avais un peu d'argent, j'ai racheté les parts de mes cousins.

Il est très touchant quand il se livre ainsi. Je soupire.

— De mon côté, il n'y a pas de maison familiale, et du côté de mon mari, ma belle-mère l'a revendue, il y a une quinzaine d'années, maintenant. C'est triste, je trouve.

Pour mes enfants et mes petits-enfants surtout. Notre maison est une construction récente, sans âme véritable… Les pierres m'ont toujours parlé.

— C'est la première fois que tu abordes vraiment le sujet de ta famille, relève-t-il doucement.

— Parce qu'elle me manque, même si je suis ici en partie à cause d'elle. C'est tout le paradoxe de cette histoire…

— Tu es en instance de divorce ?

— Moi ? Non ! Et je ne veux surtout pas d'un « divorce gris », comme ils écrivent dans les magazines. En revanche, Louise, ma fille, est en pleine séparation.

— Vous vivez un été agité…

— Tu ne crois pas si bien dire. Et toi, tu as quelqu'un dans ta vie ? Des frères et sœurs ? Ton métier, tu m'as déjà raconté…

Il se racle la gorge.

— Fils unique. Mes parents sont morts dans un accident de la route quand j'avais huit ans. C'est ma grand-mère qui m'a élevé. Ici, à Sitges. J'étais fiancé jusqu'à il y a sept mois. Mais nous nous sommes séparés. Depuis, je suis devenu un bourreau de travail et un bricoleur du week-end, pour résumer.

— Elle ne te méritait pas.

— À moins que ce ne soit moi qui ne la méritais pas. On ne le saura jamais.

Quelque part dans la maison, mon téléphone émet un petit bip faiblard. J'ai complètement oublié de le mettre en charge.

— Je crois que ton portable a besoin d'un coup de jus ! plaisante Nicolas. Et nous aussi !

Je me lève, et il me suit.

— Je te ressers la même chose ?

Je hoche la tête en farfouillant dans mon sac. Je retrouve mon téléphone et son chargeur.

— Là, près de la machine à café, dit-il en m'indiquant une prise.

Je le branche. S'ensuit une série de bip.

— Visiblement, quelqu'un te cherche…

Je regarde l'écran. Nicoucou a essayé de me joindre trente-sept fois et a laissé un paquet de messages. Je commence par le dernier, qui ne passe pas par quatre chemins.

Ça fait six heures que j'essaye de te joindre ! J'espère que tu es coincée sous une étagère parce que j'en ai marre que tu fasses de moi ta complice. Je te préviens : j'ai tout balancé avant-hier. Rappelle-moi. Ou pas.

— *Ouch !*

— Un problème ? demande Nicolas.

— C'est mon amie Nicole. Enfin, j'espère qu'elle l'est toujours… Lis.

Il se gratte le menton et me rend mon portable.

— Effectivement… Je laisse ton verre ici. Rejoins-moi quand vous vous serez parlé.

Je lui attrape le bras au passage.

— Toi aussi, tu crois que je suis un monstre d'égoïsme ?

Nicolas souffle.

— Je ne te connais pas suffisamment pour te répondre, mais je sais que nous avons toujours de bonnes raisons de faire certaines choses, même si elles échappent à nos proches. Appelle-la.

Je triture mon téléphone tandis qu'il franchit la porte-fenêtre, sa tablette à la main. Je prends une profonde inspiration et sélectionne le numéro de Nicoucou. Elle décroche à la première sonnerie et hurle :

— Ne me refais plus jamais ça !

— Nicoucou…

— Non, laisse-moi parler ! J'ai lu et écouté tous les messages de ta carte SIM. J'étais dans un film d'horreur, je te jure. Ils m'ont tous appelée. Michel. Louise. Benjamin. Josiane. Ils sont fous d'inquiétude. Benjamin, qui est venu nous chercher à l'aéroport, a fondu en larmes dans mes bras. Il pense que c'est sa faute. Louise aussi, du reste. Je t'ai détestée de m'obliger à mentir à tes enfants. Quant à Michel, tu as une idée de l'endroit où il est ?

— À l'aéroport de Toulouse. Dans le camping-car.

— Exactement ! Comment tu le sais ?

— Josy me l'a dit. Nous nous sommes parlé ce matin.

— Tu as chopé une insolation ou quoi ? Ta priorité absolue, c'était de téléphoner à ta belle-doche ?

— La conversation de ce matin a porté des fruits.

— Ben tant mieux, parce que moi, je lâche l'affaire. D'ailleurs, je leur ai dit où tu étais. Benjamin, Louise et Paul ont dû arriver hier à Toulouse pour récupérer Michel.

Lâchement, je ne réponds rien. Tout est ma faute, de toute façon…

— T'es là ?

— Oui.

— Tu as rendu les clefs de l'appart ?

— Oui.

— Tu as trouvé une chambre d'hôtel, finalement ? demande-t-elle, une fois sa colère retombée.

— Non.

— Zabou, ne me dis pas que tu vas dormir sur la plage !

Je la laisse mariner un peu. Je l'entends bouillir à l'autre bout de la ligne.

— Tu te souviens de la grande maison frottée à la chaux et aux fenêtres bleues ?

— Heu… réfléchit-elle. Oui, mais quel est le rapport ?

— J'y suis. C'est la maison de Nicolas.

— Nicolas ? Le type qui t'a draguée dans l'avion ?

Je mets une main en cache devant ma bouche et baisse la voix :

— Il ne m'a pas draguée, voyons…

— Crois-y, Nicole !

C'est l'une de ses blagounettes fétiches, hommage à la chanteuse Nicole Croisille, qu'elle affectionne.

— Non, je te jure.

— Tu as une chambre à toi ? Elle ferme ?

— Très drôle. Oui, j'ai une chambre à moi…. Au cas où tu l'aurais oublié : de un, je ne suis pas Josiane et surtout, de deux, je n'ai aucune envie de tromper Michel.

La petite voix dans ma tête ajoute, subtile : *Une seconde fois.*

— Tu ne vas pas le quitter alors ?

— Non… On doit, de toute évidence, faire des aménagements, mais je l'aime toujours. Lui et mes deux sales gosses incapables de s'intéresser aux goûts de leur mère.

— Alors je t'arrête : ils les connaissent. Benjamin m'a récité une liste sans fin. Louise noircit des carnets…

— Tu plaisantes ?

— Non. Je suis trop fâchée pour plaisanter. Bon sang, Zabou, pourquoi tu ne décrochais pas ?

— Je n'avais plus de batterie. Je te jure que c'est vrai. Kristen est encore avec toi ?

— Jusqu'à jeudi.

— C'est un drôle d'été, non ?

Elle rit.

— Si ta tribu m'appelle encore, je dis quoi ? interroge Nicoucou, son sérieux retrouvé.

— Ce que tu veux. Je ne te demande plus d'être ma complice mais de redevenir mon amie.

— Comme si j'allais te lâcher. Allez, sois sage avec le bel *hidalgo* !

— Toi aussi.

— Certainement pas ! réplique-t-elle en raccrochant.

Quand je rejoins Nicolas, le soleil est en train de se coucher.

— Ils savent où je suis.

— C'est bien. Je suis certain qu'ils vont te surprendre.

— J'ai décidé de ne rien attendre pour ne pas être déçue.

— Une philosophie qui se défend, approuve Nicolas.

Je réfléchis à la nouvelle moi qui prend corps.

— Au fait, comme nous sommes un peu en retard, le resto a appelé : notre table nous attend. Enfin, si tu es toujours partante ? me demande mon hôte.

— J'ai honte mais je dois t'avouer que je meurs de faim.

— Excellent !

Quelques minutes plus tard, nous quittons la maison, bras dessus, bras dessous. Complices.

16

Mais qui voilà ?

La soirée a été très agréable, et la paella à l'encre de seiche un régal. Malgré, ou peut-être grâce à notre différence d'âge et au fait que nous ne nous connaissons pas, ou si peu, Nicolas et moi nous sommes confiés l'un à l'autre sans qu'à aucun moment la séduction ne soit entrée en ligne de compte. Contrairement à ce que suggérait Nicoucou, jamais il n'a été question de cela. Encore moins de sexe. Il voit en moi la mère qu'il a peu connue, et je suis toute disposée à lui offrir une place dans mon cœur, au même titre que Louise et Benjamin.

La conversation que j'ai eue plusieurs heures plus tôt avec Josiane a trouvé un écho dans cette relation qui se tisse doucement. Un « enfant tout fait » et déjà adulte qui prend une place dans votre vie, bouscule certaines de vos certitudes, bouge quelques lignes de votre routine…

Je me sens apaisée comme cela ne m'était pas arrivé depuis longtemps. Un peu comme quand on boucle une boucle.

Présentement, ce n'est pas un mariage mais une fugue qui a mis Nicolas sur mon chemin. Et tandis que je m'oblige à ne rien attendre, fidèle à la nouvelle moi que je souhaite devenir, il est entré dans ma vie. Je pense à ça alors que nous prenons le petit déjeuner sur la grande terrasse qui donne sur la mer. Nicolas s'étire et se lève, dépliant ses longues jambes.

— Si je m'écoutais, je resterais bien là, à bavarder, mais il faut que je me bouge les fesses avant l'arrivée de Juan.

— À quelle heure vous vous y mettez ?

— Vers dix heures. Avant que le soleil ne cogne trop. Si tu savais comme je déteste faire les joints de carrelage, soupire-t-il comme un gosse qui doit réviser son algèbre.

— En même temps, c'est la dernière de toutes les rénovations que tu as entreprises, et si le résultat est à la hauteur de ce que tu as déjà fait dans cette maison – ce dont je ne doute pas –, ce sera bientôt un lointain souvenir. Et même pas mauvais, je gage.

— Hum… marmonne-t-il, pas convaincu.

— Pense que tu pourras siroter TES apéros dans TON jacuzzi sur TA terrasse carrelée d'ici la fin de l'été. Moi, je dis que ça en vaut la peine.

— OK, OK, je rends les armes. Je vais t'embaucher pour remonter le moral des troupes pendant que nous nous esquinterons les genoux à quatre pattes.

— Je n'ai rien de prévu aujourd'hui, je réplique le plus sérieusement du monde.

— Je plaisantais. Ce n'est pas parce que je ne vais pas me baigner ce matin que tu dois t'en priver.

Je balaie son inquiétude d'un geste de la main.

— Moi, je ne plaisantais pas. Et puis j'aimerais être en ville…

— Évidemment. *Que tonto…*

— *Tonto* ?

— « Stupide ». Il est normal que tu veuilles guetter l'hypothétique arrivée d'un camping-car… m'explique-t-il.

— Je suis si prévisible que ça ? je demande en faisant une petite grimace.

— C'est juste l'épilogue logique à ton coup de fil d'hier soir avec Nicole. Ton mari et tes enfants savent maintenant où tu es. Le dernier chapitre va s'écrire de lui-même…

J'acquiesce tandis qu'il poursuit :

— Bon, alors voilà ce que je te propose…

— Je suis tout ouïe.

— Tu m'accompagnes faire quelques courses pour remplir le frigo. Ce qui nous arrange bien pour une fois, c'est que les voitures ne peuvent quasiment par circuler en ville, et un « monstre sur roues » encore moins. Le Passeig Maritim est la seule rue praticable, avec son mini-parking au bout. Si un camping-car doit se garer, ce ne peut être que là. Nous reviendrons donc par ce chemin. Tu décideras alors quoi faire si tu le vois. Et s'il n'est pas là…

— … je me mettrai derrière les fourneaux pour nous préparer un déjeuner digne de ce nom, je conclus, préférant ne pas penser à la suite.

— Alors *vamos* !

* * *

Les produits sont frais et appétissants. Pendant que je fais une razzia sur les fruits et légumes, Nicolas part acheter des sardines chez le poissonnier, à quelques encablures de là. Le menu s'écrit tranquillement : sardines grillées au barbecue, salade composée et fruits en dessert.

— Tu veux du rosé pour ce midi ? me demande Nicolas, concentré sur les étagères du caviste chez lequel nous avons fait un crochet.

— Normalement, je ne bois jamais au déjeuner…

— Tu es en vacances, je te rappelle ! se moque-t-il gentiment.

— Tu as raison. Alors du rosé, c'est très bien. De toute façon, je n'y connais rien en vin. Mon beau-père a bien essayé de m'initier aux joies de l'œnologie, mais il a vite lâché l'affaire. Là où j'étais supposée sentir une odeur de sous-bois, je décelais un parfum de fraises Tagada.

— Je vois. Tu es irrécupérable de ce côté-là. En même temps, c'est cool : j'ai zéro pression.

— Exactement. Mais laisse-moi payer ! je lui dis en le poussant un peu.

— Pas question.

— Si.

Le patron du lieu sourit.

— *Es agradable de ver un hijo y su madre se llevan tan bien.*

— *Gracias*, répond Nicolas en rougissant un peu.

Sitôt que nous sommes sortis, je l'interroge :

— Je n'ai compris que *madre*. Il m'a prise pour ta mère, c'est ça ?

— Oui. Il a dit que c'était chouette de voir une mère et son fils s'entendre aussi bien. Tu aurais préféré que je rectifie ? Je peux y retourner si tu veux… s'alarme-t-il tout à coup.

— Pour ne rien te cacher, ça m'a fait penser aux désormais trop rares fois où Benjamin et moi allons faire des commissions ensemble.

— Tu n'es pas fâchée alors ? demande-t-il pour se rassurer tout à fait.

— Absolument pas. Tu es mon fils catalan. C'est officiel : je t'adopte.

Il sourit, heureux, avant que son visage ne se referme. Plus que quelques pas pour avoir une visibilité complète sur le Passeig Maritim.

— Tu veux que je regarde d'abord ? me propose-t-il.

Je passe ma main libre sous son bras pour me donner du courage. Ainsi accrochée à lui, je réponds :

— Non, faisons-le ensemble.

Nous débouchons à l'angle de la Carrer Bonaire. Je retiens mon souffle sans m'en rendre compte. Aucun camping-car en vue. Je ne sais pas si je suis triste ou soulagée. En tout cas, je respire normalement.

— Ça va ? demande Nicolas.

— Oui. Avançons, veux-tu ?

— On grimpe les marches de Santa Tecla ou tu préfères passer par l'arrière ?

— Empruntons l'escalier. La promenade est belle. Je placerai ma main dans celle de ma copine sirène...

Nicolas émet un petit rire. La sirène qui garde la montée des marches de l'église salue d'un geste les locaux et touristes. Sa main gauche est polie par les nombreux touchers des promeneurs qui lui adressent leurs vœux, espérant qu'elle les exaucera.

— Tu vas devenir une vraie Sitgetà. Encore quelques jours et la ville n'aura plus de secrets pour toi, affirme-t-il avec un grand sourire.

Je le lui rends.

— Tu as le don de transformer un coup de mou en quelque chose de doux.

Il est touché, je crois, mais je le pense vraiment. Son *abuela* peut être satisfaite et comblée par l'homme qu'est devenu son petit-fils.

Nicolas resserre sa prise sur mon bras. Silencieux, nous avançons, bercés par le bruit mélancolique des vagues qui se brisent sur les rochers en contrebas. La placette devant chez lui est en vue. Des touristes prennent en photo les maisons précoloniales. D'autres nous dépassent, serviette sur l'épaule, pressés de prendre le soleil ou de se jeter dans l'eau. Cette ville est un mélange étonnant, où cohabitent des gays et des hétéros, des familles, des couples et des célibataires sans que cela pose, en apparence, le moindre problème.

Un petit bonhomme surgit face à nous, à moins de trente mètres. Pour regarder où il marche, il lève le nez de sous sa casquette, un peu trop descendue sur ses yeux. À peine ai-je le temps de songer que Paul fait exactement pareil que j'entends une petite voix crier :

— Mamie ! Mamie !

C'est lui. C'est Paul. C'est mon petit-fils ! Si Nicolas n'avait pas ajusté fermement sa prise autour de mon bras, je crois que je serais tombée. Je me sens toute faible. Alors que mon petit-fils court vers moi et que j'écarte les bras pour l'attraper, les silhouettes de Louise, de Benjamin et de Michel se découpent dans mon champ de vision. Avant d'avoir la vue complètement brouillée et le cerveau qui n'enregistre plus rien, je réalise : *Ils sont venus !*

— Mamie ! Mamie ! continue à clamer Paul avant de se jeter contre moi, manquant de m'éborgner avec la visière de sa casquette.

— Mon lapin ! je réponds en tournant celle-ci vers l'arrière et en le serrant contre mon cœur.

— T'as vu ? Y a maman, tonton et papi ! Et lui, c'est qui ? demande-t-il en dévisageant Nicolas, sérieux du haut de ses presque trois ans.

Je m'apprête à répondre, mais Louise rappelle son fils. Ses yeux lancent des éclairs. Elle regarde son père et son frère.

— Visiblement, on s'est fait du souci pour rien… gronde-t-elle en fusillant Nicolas du regard.

— Arrête, Louise ! tente de la calmer Benjamin.

Mon fils s'approche de moi et m'embrasse. Puis il tend une main à Nicolas, qui la serre.

— Benjamin, se présente-t-il. Je suis le fils d'Isabelle. Voici Louise, ma petite sœur, et Michel, notre père.

Surpris, Nicolas sursaute. Quelqu'un vient de déposer bruyamment une pile de carreaux en faïence à ses pieds. Un bras entoure ses épaules, et un homme plaque sa bouche contre la sienne.

— *¡ Creo que llego a tiempo, mi corazón ! ¡ Hola Izabel*[1] *!*

Je réponds d'un petit signe de tête.

— *¡ Juan !* s'exclame Nicolas, soulagé. *Asi es, no podrias decir mejor. Se trata de su familia y su hija me odia.*

— *¿ Por que razón ?*

— *Creo que ella se imagina que soy el amante de su madre.*

— *Finges que eres gay y prestate al juego, se calmará*[2].

Pendant qu'ils discutent à toute vitesse, Paul n'en perd pas une miette, agrippé à ma jupe et le regard rivé sur les deux hommes. Benjamin s'est détaché de nous et rapproché de sa sœur. Soulagée, Louise parle à son frère. D'où je suis, je lis sur ses lèvres ce qu'elle dit et me demande quelle va être la suite.

1. — Je crois que j'arrive à temps, mon cœur ! Salut, Isabelle !

2. — Tu ne crois pas si bien dire. Il s'agit de sa famille, et sa fille me déteste.

— Pour quelle raison ?

— Je pense qu'elle imagine que je suis l'amant de sa mère.

— Fais croire que tu es gay. Joue le jeu et elle se calmera.

— Il est gay ? Je n'y crois pas… Purée, j'ai imaginé que maman la jouait à la Josiane !

Dans le même temps, je vois mon Michel retrouver des couleurs. Il a minci, et une barbe de trois jours recouvre ses joues. Je le trouve très séduisant. Les badauds, qui s'attendaient vraisemblablement à un drame familial, semblent déçus et s'éloignent de notre petit groupe. Retrouvant mes esprits, je tape deux fois dans mes mains. « Ton côté directrice de pensionnat », aurait dit Nicoucou.

— Je me rends bien compte que vous envisagiez tous de vivre un été différent. Mais, pour être honnête, je suis heureuse de nous savoir presque tous réunis à Sitges.

Je souris à Benjamin, consciente qu'il a dû laisser sa famille en Haute-Savoie pour se lancer sur la piste de sa mère fugueuse. Il m'envoie un baiser d'un geste de la main. Louise, peu à l'aise avec ce genre de démonstration, intervient :

— Bon, et maintenant ?

— Nicolas et Juan s'apprêtaient à bricoler dans la maison, et moi, à préparer le déjeuner, je lui réponds. Peut-être que…

— Parfait, ne change pas tes plans pour nous, grommelle-t-elle.

— Louise… je soupire.

— Laisse maman finir, s'énerve Benjamin à l'encontre de sa sœur.

Ma fille lève les deux mains en l'air.

— OK, OK ! Comme d'habitude, je suis la seule à qui l'on ne trouve pas d'excuse. Je vais donc déplacer le monstre roulant de papa et l'installer sur l'emplacement qu'on a réservé pour la nuit au camping.

— Je viens avec toi, dit Michel.

— Non, toi, tu restes là et tu parles avec maman. C'est pour ça qu'on est venus, je te rappelle.

Puis, se tournant vers son frère :

— Ben, tu m'accompagnes ? Je n'y comprends rien à cette ville.

— Heu... Disons que... balbutie mon fils, pris de court.

Derrière moi, un peu en retrait, Juan et Nicolas se remettent à parler.

— *¿ Estás seguro*[1] *?* demande Juan.

Nicolas hoche la tête.

— *Si quieres*[2]*,* conclut Juan.

— Je vais accompagner Louise au camping, intervient Nicolas. Je sais où il est, et ce sera plus simple. Enfin, si tu le veux bien ?

Étonnamment, Louise ne lui vole pas dans les plumes. Je vois la fatigue et le soulagement sur son visage, mais aussi cette flamme qui l'habite constamment, sa fierté, sa droiture. J'ai envie de la prendre contre moi, mais quand elle est dans cet état, je sais d'expérience qu'il vaut mieux faire le dos rond.

— Bien, comme tu ne réponds pas, je prends ça pour un « oui », poursuit Nicolas. Isabelle, Michel, Benjamin et le petit bonhomme...

---

1. – Tu es sûr ?
2. – Comme tu veux.

— Ze m'appelle Paul, zézaye mon petit-fils.

Tout le monde s'attendrit, même Louise.

— Et Paul, reprend Nicolas en posant une main sur sa tête, vous pouvez vous mettre à l'aise chez moi.

— Merci, Nicolas, mais je crois que Michel et moi avons besoin d'aller faire un tour tous les deux, je le coupe.

— Très bien. Pendant que maman et papa discuteront, moi, je vais aider ton ami à rentrer le carrelage, propose Benjamin en souriant à Juan.

— Moi, ze reste avec tonton, tranche Paul.

— Parfait ! Sachez aussi que nous avons acheté tout ce qu'il faut pour déjeuner, une fois que nous aurons réglé ce qui doit l'être, ajoute Nicolas. Il y en a assez pour tout le monde. Louise, c'est par là.

Je rejoins Michel. Il est tout timide. Benjamin se baisse pour ramasser le carrelage. Paul, qui ne le quitte pas d'un centimètre, imite son oncle. Ben lui tend un petit sac de croisillons. Mon petit-fils est si fier de l'aider.

— *¡ No hagas tonterías, mi Juanito*[1] *!* s'amuse Nicolas en entraînant Louise vers la vieille ville.

— *Si embargo, tiene buen culo*[2]... soupire Juan, assez fort pour que nous l'entendions.

— *Muchas gracias por el cumplido*[3], répond mon fils du tac au tac.

1. — Pas de bêtises, mon Juanito !
2. — Et pourtant, quel beau cul il a !
3. — Merci beaucoup pour le compliment.

Je me demandais quand il allait se décider. Juan vire à l'écrevisse. Nicolas éclate d'un rire contagieux.

— Trop fort ! s'exclame-t-il. Ta mère s'est bien gardée de me dire que tu parlais espagnol.

— J'ai appris à l'école et j'aime toujours cette langue, explique mon fils.

— Juan est taquin. J'espère qu'il ne t'a pas mis mal à l'aise ?

— Il n'y a aucun malaise, crois-moi. Au contraire, ça va même amuser ma femme. Allez, file ! Ma sœur s'impatiente déjà.

Louise tire la langue à Benjamin tout en lui adressant un clin d'œil. Voir nos enfants, notre petit-fils et Nicolas apaiser une situation qui n'était pas si facile à gérer me donne de l'espoir pour la suite. La première chose que je dois dire à mon mari, c'est que je l'aime et que cela ne cessera jamais.

17

Mise à nu

J'entraîne Michel, qui se laisse faire, sans résistance mais sans enthousiasme non plus, on ne va pas se mentir. J'ai dans l'idée de l'emmener jusqu'au port. Une promenade ni trop longue ni trop courte, avec les bateaux en toile de fond, symbole d'un nouveau départ espéré. Je dois parler la première.

— Je suis heureuse de te voir…

Michel ne répond pas.

— Vraiment. Je sais que je t'ai blessé… Ce n'était pas ça, le but, mais de me retrouver, tu dois me croire.

— Je te crois, répond-il d'une voix rauque.

Nous marchons en silence pendant un moment.

— Michel ?

— Hum ?

— C'est idiot et sans doute pas important, mais une question ne cesse de me trotter dans la tête : pourquoi es-tu resté à Toulouse ?

— Honnêtement ? Je ne sais pas. Je me disais que tu allais revenir et que je devais être là. Depuis le début de notre histoire, tu es celle qui part et je suis celui qui reste.

— Tu n'as pas de maîtresse, alors ?

Il semble surpris, puis offensé à la pensée que cette hypothèse m'ait traversé l'esprit. Il secoue la tête.

— Jamais ! Pas une seule fois.

Je rougis, gênée.

— Es-tu d'accord pour que nous jouions cartes sur table ? je lui demande.

Il acquiesce.

— Sûr ?

— Oui, pourquoi ?

— Parce que moi, je t'ai trompé... je lui avoue. Une fois.

— Je le sais.

Si le poids du secret s'envole aussitôt, sa réponse me laisse pantoise.

— Tu le savais ?

— Oui.

Il prend une longue inspiration, puis enchaîne.

— Tu es partie un jeudi pour aider ta mère. Elle cherchait un livret de famille qu'elle ne trouvait plus. Tu as pris un billet de train et tu es montée à Paris, pensant régler ces tracasseries administratives en quelques jours. Le soir même, j'ai sorti le carnet de santé de Louise du tiroir du bureau pour sa visite médicale du lendemain à l'école et je suis tombé sur le livret de famille de tes parents. Le document dont tu avais besoin était là, sous mes yeux, et toi, dans ta précipitation, tu l'avais oublié. Au petit matin, j'ai fait venir un coursier pour une livraison express dans la journée.

Je l'écoute attentivement. L'exactitude de ses souvenirs, les détails qu'il relate me bouleversent. Comment ai-je pu ?

— Vendredi soir, ni ta mère ni toi n'avez appelé pour accuser réception. Cela m'a inquiété. Plus parce que je pensais que le type n'avait pas fait son boulot qu'autre chose, note bien. J'ai passé un coup de fil à Boulogne. Ta mère a décroché. Elle ne comprenait pas de quoi il s'agissait. Elle perdait déjà un peu la tête. J'ai alors voulu te parler. Elle m'a dit que tu n'étais pas là. Bêtement, j'ai traduit dans ma tête : *Elle est sortie*. Je lui ai dit de te demander de me rappeler après ta course. « Michel, Isabelle n'est pas là. » À partir de ce moment-là, les sons m'ont semblé complètement étouffés. Ce qui m'arrivait était incompréhensible.

— Tu n'en as jamais parlé…

— Quatre jours plus tard, tu es revenue. C'était ça, le plus important.

— Et les enfants ?

— Je pense que Ben ne s'est rendu compte de rien. Il a continué sa petite vie de jeune ado, avec ses copains et son skate. Mais Louise t'a réclamée tous les soirs. C'était son inquiétude qui était difficile à gérer.

— Dès son plus jeune âge, elle a développé une espèce de radar pour détecter les failles, et là, c'était un gouffre. Je vous ai tous entraînés au bord du précipice...

Le silence de Michel est éloquent.

— Je crois que, depuis, elle me déteste... je confesse à Michel.

— Elle ne te déteste pas. Elle a eu peur, alors elle attaque. C'est sa ligne de défense. Souviens-toi : pendant les deux années qui ont suivi, elle n'a pas cessé de nous demander si on allait divorcer.

— Elle affolait son frère, qui partait à chaque fois en se bouchant les oreilles.

— Elle était mal dans ses baskets, angoissée, incertaine. Toi, tu n'étais pas très bien, et moi, débordé de travail, ce qui m'arrangeait, j'avoue. Et puis la vie a repris son cours.

Vingt ans sans crise véritable, sans assiette cassée, sans drame, jusqu'à ma folie d'il y a quelques jours.

— Donc tu ne m'as jamais trompée ?

— Jamais ! confirme-t-il.

— Mais alors le vélo ?

— Quoi, le vélo ?

— Je m'interroge, c'est tout. Si j'en crois les magazines féminins, il est courant de se mettre au sport pour séduire quelqu'un.

— Tu ne lis pas les magazines féminins.

— Si, chez le dentiste ou chez l'esthéticienne.

Il se tait. Il me cache quelque chose, je le sens. Je dois en avoir le cœur net.

— Cartes sur table, je rappelle.

— Je le fais pour moi et pour…

Je me mets à respirer un peu trop vite.

— … toi, lâche-t-il enfin.

Je suis stupéfaite, je m'attendais à tout sauf à ça.

— Pour moi ? T'es dingue !

— Non. Enfin, oui, peut-être.

— Explique.

— À chaque col que je franchis, je lève les bras en signe de victoire et je te dédie mon effort. C'est idiot, tu as raison… conclut-il, dépité.

— Je ne trouve pas, je réplique, très touchée.

— Oui, mais les efforts, c'est à la maison que je devrais les faire.

— Nous.

— Nous ?

— Oui, nous deux. Nous avons laissé le temps faire son œuvre, croyant que la force de l'habitude nous ferait tenir des années encore.

— On se trompait, n'est-ce pas ?

— Disons que, dans les contes de fées, on s'arrête toujours après la phrase : « … et ils eurent beaucoup d'enfants. » Personne n'est suffisamment malin pour nous donner la recette des couples qui durent. Excepté qu'après les enfants, leur départ, et compte tenu du fait que nous sommes supposés vivre encore au minimum vingt ou trente ans, on doit inventer ce qui n'a pas été écrit.

Sans nous concerter, nous nous arrêtons pour admirer la mer, accoudés au parapet. La conversation tourne dans ma tête. Dans la sienne aussi, j'en suis certaine.

— On peut réinventer notre couple, glisse soudain Michel.

— J'en ai besoin et très, très envie.

— Qu'est-ce qu'on va dire aux enfants ?

— Les enfants, comme tu dis, sont grands. Ils vivent leur propre vie. Ce que nous décidons ou pas ne les regarde que de loin, tu ne crois pas ?

Je saisis le bras de Michel.

— Tu m'as manqué... je lui murmure.

Michel sourit. Je le trouve irrésistible. Sexy, même.

— Allons voir la mer de plus près, dit-il. Tiens, passons par là, sur les rochers.

— Michel...

— Oui ?

— Non, rien.

Je le laisse m'entraîner, et nous descendons sur « la » plage. Soudain, il réalise où nous sommes. Alors il se tourne vers moi. Un immense sourire fend mon visage.

— Toutes les plages sont comme ça, par ici ? me demande-t-il, sincèrement étonné.

— Non, uniquement celle-ci ! je réplique en rigolant. Moi, j'avais juste dans l'idée de marcher jusqu'au port. C'est toi qui as bifurqué.

Autour de nous, les gens sont nus comme au premier jour. Nous sommes sur la fameuse plage naturiste de Sitges. Michel éclate de rire.

— Baignons-nous ! propose-t-il, sûr de lui.

Je suis sur le point de rétorquer que nous n'avons pas de maillots mais me retiens à temps. Il plante son regard gris acier dans le mien, et je cède avec plaisir. Nous nous déshabillons à toute vitesse, comme deux ados, laissant tomber çà et là nos vêtements. Il me prend par la main, et nous entrons dans l'eau. Le froid ratatine son sexe, et mes seins pointent, glorieux, pour la première fois depuis longtemps.

— Tu es toujours aussi belle, me murmure-t-il.

Je passe alors mes bras autour de son cou et l'embrasse. L'eau se réchauffe. À moins que ce ne soit nous… Plus rien autour n'a d'importance. Il y a lui… et moi… À cet instant précis. Ici, sur cette plage de Sitges.

18

Un an plus tard

Je suis en train de planter un couteau dans mon gratin dauphinois quand j'entends la porte qui s'ouvre et un retentissant :

— Maman, c'est nous !

Je me précipite dans l'entrée.

— Attends, mamie ! N'avance pas ! ordonne Paul.

À côté de lui, Nicolas sort un paquet d'un gros sac qu'il a déposé sur le sol.

— Tiens-le comme ça… l'aide-t-il en plaçant l'objet emballé dans les petites mains que Paul cache dans son dos.

— C'est une surprise, mamie, me prévient Paul.

— Voilà, tu peux y aller ! l'encourage Nicolas tandis qu'il se redresse en me faisant un clin d'œil.

Il embrasse Louise. Ma fille, radieuse, a les mains posées sur le petit arrondi qui se dessine au niveau de son ventre.

— Bon anniversaire, mamie ! s'exclame Paul en me tendant le paquet.

— Merci, mon poussin. Qu'est-ce que ça peut bien être ?… Un dinosaure ?

Paul éclate de rire pendant que je déchire le papier. C'est une grosse boîte d'allumettes. Je la secoue et lui adresse un regard interrogatif. Mais ni Louise, ni Nicolas, ni Paul ne pipent mot. Un objet à l'intérieur fait du bruit. Je fais coulisser le couvercle. La boîte contient une clef. Je ne comprends pas.

— C'est un double de la clef… commence Louise.

— De la maison de Sitges, continue Nicolas.

— Tu as dit que c'était ton « refugue », termine Paul.

Mon « refugue ». Il a fusionné les mots « fugue » et « refuge » et en a fait un mot-valise. Je trouve ça absolument craquant. Les larmes me montent aux yeux.

— Ah non, maman ! gronde doucement Louise en m'embrassant.

— Joyeux anniversaire, Zabou ! renchérit Nicolas.

— Merci, les enfants. C'est un merveilleux cadeau.

— Il y en aura d'autres, mais celui-ci, c'est Nico qui tenait à te le faire. On est les premiers ?

Je passe une main sur la joue de Louise et lui dis :

— Tu es toujours la première, ma chérie.

— Franchement, Ben exagère. On vient de Toulouse alors que lui vit à côté, et il trouve le moyen d'être en retard.

— Techniquement, il n'est pas en retard. On avait dit midi trente, et il est vingt-huit.

— Elle prendra toujours sa défense ! feint de se plaindre Louise à Nicolas.

— J'avais remarqué, tu penses bien. Je n'ose imaginer ce qu'a dû être ton enfance, mon amour ! plaisante-t-il, pas dupe pour deux sous.

— J'oublie sans cesse que je suis arrivée après, dans « votre » histoire. Papa prendra ma défense, lui ! Où est-il ? Papa ! Papa !

— Il est parti chercher les vacherins.

La porte s'ouvre en grand une deuxième fois, et Michel entre.

— On parle de moi ?

— Papi !

— Papa !

— Je vous embrasse après, mais vite, que quelqu'un aille chercher le dernier gâteau dans ma voiture ! Zabou, ma chérie, ouvre-moi le congèl, sinon je ne promets rien pour le dessert.

Tandis que Nicolas s'éclipse et que je file dans le cellier, suivie de Michel, Louise et Paul traversent la cuisine et sortent dans le jardin. Le premier vacherin au frais, Michel m'embrasse avant que nous ne soyons dérangés par Nicolas.

— Hum… Hum… Je ne veux pas jouer les trouble-fêtes, mais si vous pouviez reprendre exactement où vous en étiez juste après que celui-ci a rejoint son frère à très basse température, ça m'arrangerait. Je ne voudrais pas être l'homme qui aura saboté le soixante-troisième anniversaire de Zabou.

— Oh, le vilain ! Il a osé prononcer ce nombre !

— Uniquement parce que tu en fais dix de moins…

Je soupire, vaincue et heureuse, même si je n'en crois pas un mot. La sonnette retentit, et nous sortons tous les trois du cellier pour accueillir Josiane et Kevin. Comme l'année passée, ce dernier disparaît presque entièrement derrière un énorme bouquet de fleurs.

— Bonjour, la compagnie ! s'exclame Josiane, toute pimpante. Je viens d'avoir Benjamin au téléphone. Il craignait que je ne conduise quand j'ai répondu, mais c'est Kevin qui a joué au chauffeur. Bref, tout ça pour dire qu'il est en route avec sa femme et ses filles.

Elle m'embrasse.

— Bon anniversaire, Zabou ! Tu es radieuse.

— Merci beaucoup.

— Bonjour, mamie, dit Louise, de retour dans la cuisine.

— Bonjour, Louise. Comment te sens-tu ?

Paul entre en trombe, protecteur.

— Maman, elle a un bébé dans son ventre.

— Dis d'abord bonjour, Paul ! le réprimande Louise.

— Bonjour, Paul ! dit-il, ce qui ne manque pas de nous faire rire.

Il continue sur sa lancée.

— Le bébé, il a soif, et Paul aussi.

— Et granny aussi, elle a soif ! renchérit Josiane, son sérieux retrouvé.

— Bien, passons dans le jardin, intervient Michel. On a installé les tables sous les arbres et la pergola.

Je vais chercher un vase dans le salon et y dispose les fleurs. Mes préférées : des renoncules jaunes. Je repense à tout ce qui s'est passé depuis un an. La séparation de Louise et de Stéphane, le départ de celui-ci à l'étranger, le rapprochement entre Louise et Nicolas, le déménagement de ma fille et de mon petit-fils à Toulouse, Josiane et Kevin qui parlent de mariage – le troisième pour ma belle-mère après deux veuvages –, Benjamin, passé capitaine des sapeurs-pompiers de la caserne d'Annecy, Caroline, dont je me suis beaucoup rapprochée, leurs filles qui grandissent, aussi différentes que peuvent l'être des jumelles, et mon incroyable Nicoucou, si épanouie. En parlant du loup… Deux coups brefs et la porte qui s'ouvre à la volée.

— C'est moi !

Au même moment, Paul vient me chercher en criant :

— Mamie, t'es où ? Y a Léa, Clara, tatie et tonton qui sont arrivés par le jardin.

— Nicoucou, Paul ! Je suis dans le salon.

Me voilà encerclée.

— Bon anniversaire, ma grande saucisse ! me souhaite Nicoucou en m'embrassant.

— Ha ha ! Coucou a dit : « Mamie est une grande saucisse ! », rigole Paul en partant l'annoncer à tout le monde.

— J'en ai pour la journée ! je rouspète en prenant mon amie dans mes bras. Merci d'être là.

— Tu plaisantes ?! Pour rien au monde je n'aurais manqué l'ouverture de ta nouvelle enveloppe Groupon.

— T'es con !

— Mais c'est pas possible, tu confonds encore ! C'est « drôle », le mot que tu oublies. Au fait, après l'espagnol et l'allemand, je maîtrise l'italien : *divertente*, pour ta gouverne.

— Ne me dis pas que… dis-je en écarquillant les yeux.

— Chuttt ! fait-elle pour toute réponse en posant un doigt sur sa bouche. Je te raconterai tout demain, mais en attendant, ouvre !

Nicole me tend un paquet, un sourire jusqu'aux oreilles. Je déchire l'emballage et découvre un tee-shirt, imprimé de l'une des inscriptions dont elle a le secret :

Amour, tapas, yoga, etc.

— Je l'ai fait faire exprès pour toi ! Tu as intérêt à le porter.

J'éclate de rire.

— Je l'adore. Je te promets que je le porterai ! dis-je en le plaquant contre ma poitrine.

— Ah, le duo infernal ! Quel beau tee-shirt, maman ! s'extasie Benjamin.

— Voilà un homme qui a du goût ! s'exclame Nicoucou.

— Dans mes bras ! lui ordonne mon fils.

— Ne me serre pas aussi fort que l'année dernière. Je n'ai pas assez de trois cent soixante-cinq jours pour m'en remettre, grogne mon amie pour la forme.

— Toujours à rouspéter ! réplique Ben en faisant un clin d'œil.

Puis il m'enlace.

— Bon anniversaire, maman. Tu es magnifique !

— Merci, mon grand. Tu n'es pas mal non plus.

— Au fait, félicitations, mon capitaine ! ajoute Nicole en se mettant au garde-à-vous.

— Repos, sapeur, lui intime Benjamin, amusé. Et rejoignez votre brigade !

— Sur ordre du capitaine, je vais donc rejoindre ceux qui boivent. *¡ Adiós muchachos !*

Nous la regardons s'éloigner avec tendresse.

— Comment vas-tu, maman ?

— Bien. Vraiment bien.

— Tu es heureuse ?

Je prends mon fils dans mes bras.

— Je suis très heureuse et je te promets de ne pas fuguer cette année, même si Nicolas m'a remis un double de la clef de sa maison à Sitges. Paul a dit que c'était celle de mon « refugue ».

— Mon neveu a beaucoup d'humour, pour même pas quatre ans ! Ça promet…

— N'est-ce pas ?

— Maman, je voulais te donner ça avant d'aller rejoindre les autres…

Benjamin fouille dans la poche arrière de son pantalon et en sort une enveloppe.

— Tu la liras ce soir, tu veux bien ?

Je prends la lettre qu'il me tend et la presse contre mon cœur.

— Merci, mon chéri.

Du jardin monte une clameur, puis mon surnom est scandé :

— Zabou ! Zabou ! Zabou !

J'ajuste ma robe, passe une main dans mes cheveux…

— Tu es parfaite, maman, me certifie Ben.

Et je sors sous le soleil, au bras de mon fils.

* * *

La journée s'est déroulée de manière idyllique. Mes petits-enfants ont joué sans se chamailler, les grands ont bu et mangé, j'ai été gâtée plus que de raison. Le soir tombé, ils sont tous repartis. Ben et sa famille chez eux. Nicoucou à un mystérieux dîner italien. Louise, Nicolas et Paul sont allés passer quelques jours à la montagne, tandis que Josiane et Kevin sont retournés à l'Impérial Palace, où ma belle-mère descend toujours depuis trente ans.

— Je suis claqué ! soupire Michel en s'affalant sur le canapé.

— Et moi donc… Quelle journée ! Merci. Merci beaucoup !

— Nous avions un fiasco à réparer.

Michel n'aborde pas souvent le sujet de l'été dernier. Je sais que cela reste un épisode de notre vie extrêmement traumatisant pour lui. Je ne l'interromps pas, le laissant aller à son rythme.

— Je sais aussi que j'ai été le premier maillon faible de la chaîne.

Je ne peux m'empêcher d'esquisser un sourire, ce qu'il remarque.

— Promis, ma métaphore cycliste s'arrête là.

— Ta passion pour le vélo n'a été qu'un prétexte que j'ai lâchement saisi. Je pensais que je gérais : le départ des enfants, ta dernière année de boulot, ma soixantaine. En fait, depuis plusieurs années, je me laissais submerger. Je ne savais absolument plus quelle était ma place, ou plutôt quelle place je souhaitais occuper dans vos vies.

— En y repensant, je me dis que l'écoute n'était pas mon fort. Quand les enfants m'ont parlé de l'initiation au yoga, je les ai encouragés, me disant qu'entre ton cours d'aquagym et tes sorties avec Nicole, cela remplirait une autre de tes matinées. Et puis il y a eu la réservation du camping-car pour que tu suives mes exploits de cycliste du dimanche…

— En même temps, cela nous a permis de constater que ce n'était définitivement pas pour moi, le camping-car.

Une fois Gigantosaurus rendu, j'ai suggéré à Michel d'acheter une tente de toit de voiture. C'est Nicoucou qui m'avait soufflé l'idée. Il paraît que les Allemands en sont dingues. Michel a rechigné, et puis, en décembre, il s'est laissé convaincre par nos enfants.

— Attends, papa ! C'est pile ce qu'il te faut pour tes délires cyclistes, avait insisté Louise.

— Oui, avait ajouté Ben. À toi les routes de France en solitaire ! Ton vélo à l'arrière, tes affaires dans le coffre, une glacière si besoin et ton lit sur le toit, avait-il poursuivi, pragmatique.

— Et surtout, maman n'aura plus à se coltiner la conduite d'un monstre sur roues, avait enchéri Petite Chérie.

— La seule différence, c'est que tu feras une boucle à chaque étape : du point A au point A pour récupérer ta voiture, avait conclu Ben, toujours précis.

— Ton trip. Pas le sien. Tu t'éclates. Maman a une semaine rien que pour elle. Vous vous appelez tous les soirs. Plus de fugue, plus de drame, plus de larmes…

— C'est bon, c'est bon ! Vous m'avez convaincu. J'en parlerai avec votre mère, avait capitulé Michel, acculé.

— Elle est d'accord ! s'était exclamée Louise.

— Oui, elle adhère à 200 %, avait confirmé Benjamin. On s'en occupe après Noël, OK ?

C'est comme ça que Michel s'est équipé et est devenu une mini-caravane à lui tout seul. Son départ approche. Il est fébrile, je le sens bien. En attendant, il teste la viabilité du projet « Tour de France en solitaire » sur les routes de La Clusaz et du Grand-Bornand, ce qui lui convient parfaitement. Il a promis à Paul de l'emmener camper rien que tous les deux en août, et notre petit-fils est excité comme une puce à cette idée.

— Le principal, c'est que je t'ai retrouvée, me dit Michel en me prenant dans ses bras.

— Tu ne m'avais pas perdue. C'était moi qui l'étais… je réponds en me faisant dorloter.

Quelques minutes passent.

— Cette journée m'a épuisé. Ma mère a l'air en forme. Les enfants aussi. Tu as vu comme les filles sont dégourdies et comme Paul est fort aux dominos ?!

— Oui, j'ai vu, mon chéri. Tu es un papi formidable. Tous les trois t'adorent, mais moins que moi…

— Tu ne viendrais pas te coucher ? me demande-t-il, séducteur.

— Je croyais que tu étais fatigué.

— Disons que j'ai encore une petite réserve… Je suis un sportif, n'oublie pas !

Je ris.

— Je me rends compte de la chance que j'ai, ne crois pas le contraire. Mais j'ai encore deux ou trois choses à faire en bas. J'arrive juste après, promis !

— Très bien.

Michel m'embrasse et emprunte l'escalier qui mène à notre chambre. Je débarrasse les tasses vides dans lesquelles nous avons bu nos tisanes et les mets dans le lave-vaisselle. Je jette son trognon de pomme dans le compost, dresse la table du petit déjeuner pour demain matin, appelle la chatte pour la faire rentrer, ferme la porte-fenêtre et éteins les lumières quand, du coin de l'œil, je repère la lettre de Ben. Fébrilement, je décachette l'enveloppe. Près de la fenêtre, éclairée par la lune, j'en commence la lecture.

Maman,

Cette lettre a tardé, et tu ne devais sans doute plus l'attendre… Je n'ai jamais été très bon avec les mots, contrairement à Louise, mais elle m'a dit qu'en tant qu'aîné, c'était à moi de me lancer.

1) Ma sœur m'a toujours fait marcher à la baguette (je m'en rends encore plus compte aujourd'hui, alors qu'il est deux heures du matin et que j'écris dans la cuisine). Mais elle est le plus beau cadeau que vous m'ayez fait, papa et toi. Ça, c'est la première des dix raisons pour lesquelles je t'aime.

Oui, j'ai un peu changé la règle du défi que tu nous avais lancé et j'espère que tu ne m'en voudras pas.

Je tire la chaise du secrétaire, allume la lampe de bureau en laiton… Son éclairage tamisé convient aux confidences, et aux larmes que je sens monter.

2) Quand j'étais petit, papa travaillait tout le temps et ne jouait pas beaucoup avec moi. Toi, si. J'ai appris grâce à toi qu'on pouvait aussi s'amuser quand on perdait. Depuis mes sept ans, je n'ai plus jamais envoyé valdinguer un plateau de jeu, même quand Louise trichait.

C'est vrai qu'elle détestait perdre et la triche aux jeux de société, reste la seule entorse à la droiture de Petite Chérie.

3) Tu as essayé de m'apprendre, pas très bien, à danser le rock sur le tapis du salon, avant de m'inscrire à un cours. Grâce à ça, je n'ai pas écrasé les pieds de ma femme le jour de notre mariage. Elle t'en est reconnaissante.

4) Quand les parents de mon copain Benoît ont refait la déco de sa chambre, je t'ai suppliée de faire pareil. Tu m'as expliqué que je valais mieux qu'une crise de jalousie. Que je pouvais trouver quelque chose d'original que personne ne pourrait copier. C'était l'époque où l'on découvrait tous les aventures de Harry Potter. Comme tu dessinais très bien, je t'ai demandé de le peindre grandeur nature sur l'un des murs de ma chambre. Tu as répondu : « D'accord, mais j'ai besoin d'un assistant. » Après ça, je n'ai jamais été aussi fier d'inviter mes copains à la maison et de leur montrer ce que nous avions mis des jours à réaliser, rien que toi et moi.

5) Quand j'ai eu huit ans, tu m'as appris à faire du pop-corn et, grâce à ça, Mélanie Carraro a accepté que je sois son amoureux en CE2.

Je me souviens que Ben était fou de cette petite. À l'occasion, je lui demanderai s'il sait ce qu'elle est devenue.

6) Pour mes quinze ans, tu m'as offert Tsar de Van Cleef & Arpels, le parfum que je porte toujours. C'est une odeur que j'associe à toi.

Je renifle, cherche un mouchoir que je n'ai pas, me lève pour attraper le rouleau de Sopalin… Reprends ma lecture.

7) Je sais que tu as peur chaque fois que je suis en mission, mais tu m'as toujours encouragé à m'épanouir dans mes passions. Mon métier est l'une d'elles. Je te remercie pour cela, même si je tremble déjà pour mes filles à chacun de leurs pas.

8) La huitième chose qui fait que mon cœur est heureux, c'est de penser à toutes les histoires que tu m'as racontées juste avant que je ne m'endorme, le soir, dans mon lit, et à toutes celles que tu as inventées rien que pour moi.

9) Je sais que je dois encore m'améliorer pour te téléphoner plus souvent. Ne pas le faire ne signifie pas que je ne pense pas à toi. Quand tu as « fugué » et que je t'ai appelée dans le vide, je me suis fait beaucoup de souci. J'ai alors compris ce que tu devais ressentir quand nous étions ados, Louise et moi, et aussi maintenant, quand je te rappelle seulement trois jours après. On ne raccroche jamais son cœur quand on est parent. Tu vois, moi aussi, j'apprends.

10) La dixième raison est plutôt une évidence : je t'aime parce que tu es ma mère et, surtout, je t'aimerais même si tu ne l'étais pas.

Ben

Je monte dans la salle de bains, passe un peu d'eau fraîche sur mon visage, me brosse les dents et me déshabille. Je me glisse entre les draps et me blottis contre

Michel, qui semble assoupi. Mais il se tourne et me prend dans ses bras.

— J'ai bien cru que tu ne monterais jamais…

Remerciements

Je tiens à remercier Florence Mas, Cécile Terouanne, Hélène Gédouin, Ève Couty, Lydie Zannini, Aurélie Barlet et Gavin's Clemente Ruiz pour leur enthousiasme, leurs encouragements et les petites baguettes « magiques » qu'ils ont su agiter au bon moment.

Merci à Catherine Locandro. Toujours.

MARABOUT
s'engage pour l'environnement
en réduisant l'empreinte carbone
de ses livres.
Celle de cet exemplaire est de :
700 g éq. CO_2
Rendez-vous sur
www.marabout-durable.fr

PAPIER À BASE DE
FIBRES CERTIFIÉES

Composition et mise en pages
Nord Compo
Achevé d'imprimer par Rodesa, Espagne
Pour le compte des Éditions Marabout
(58, rue Jean-Bleuzen, 92178 Vanves)
Dépôt légal : avril 2021
ISBN : 978-2-501-138628
6275931